コロナ禍日記2020

3月～6月
新たな家族を迎えるまで

川崎昌平

春秋社

まえがき　愚かなままの未来の私に突き刺すための、歪んだ鏡としての日記

この日記は、私が私のために書いたものである。

では、なぜ私が日記を書いたかというと、私が愚かな人間だからである。

私は、弱い。ちっとも強い人間ではない。大切な時間を無駄にしてしまうこともあれば、自分の意思を曲げて流されることもあるし、ダメだなと自覚しながら弱い行動を選択してしまうことも、しばしばある。自分を律する力や、主体的に、意欲的にアクションを起こす能力が、低い。年齢を重ねたら、少しはマシになりはしないかと期待していたが、もう老齢、成長の兆しは見えない。つまり、愚かなままなのである、私は。

ここ数年はもう諦め気味に、愚かな自分と折り合いつけて、のんびりやっていこうとも考えていたが、そうも言っていられない事態になった。新型コロナウイルス感染症の流行のためである。

当初は、どう恐れていいかすら、いや、恐れるべきものであるかすら、無知な私にはわからず、呆然と社会の変容を見守っていた。だが、二〇二〇年の二月を過ぎたあたりから、ようや

くボケっとしている場合ではないと、受け身のままで居続けてはいけないのだと自覚できるようになった。理由はシンプルで、私には妊娠中の妻がいたからである。

私個人の肉体はどうでもよい。でも、身重の妻に何かあったらどうしよう。新型コロナウイルス感染症やそこから派生する諸々の病魔に妻が冒されたとして、お腹の子どもに何かあったとして、私は平静でいられるだろうか？　答えはもちろん否。私は私という個人を捨てでも、妻と生まれてくる子どもを守らねばならないと決意した。

そう考えた私のとった行動が、日記を書くことだったのである。

この状況下において、この時代において、この社会において、私が何を考え、何を思い、何を願い、そして何をしたか、それらをすべて記録しようと私は計画した。記録することで、自分の愚かさを常に確認し、愚行を繰り返さないための規範にしようと企んだのである。

人間は、一朝一夕に賢くなれる動物ではない。失敗を重ね、試行錯誤を反復しつつ、やっとこさ昨日の自分から一歩進めるようになる存在である。それがわかっていたから、私は自身の弱さを、愚かさを、克明に記そうと試みた。日々の生活の中で、定期的に自身を観測できるようなテキストが隣にあれば、昨日の私が弱く、今日の私が愚かであっても、明日の私は多少は賢くなれているかもしれないと期待したのである。

以上が、この日記が、つまり本書が誕生した理由となる。

当然だが、ここには私の主観による言葉があり、私の独断による行動が描写されている。それらが、読者にとっておもしろいものと映るかどうか、正直に言えば自信がない。普段の作家として発表している作品なら——その出来不出来はともかくとして——私は読者のことを考えてつくっている。三文文士なりに、誰が読者なのか、その読者は何を求めているのか、その求めるものに対して私は何ができるのか、などを見定めて作品を世に出している。が、今回の本は、明らかに違う。読者を想定していない。前述のように、私が私のために書いたものに過ぎないからだ。

その意味で、現時点で私は本書の価値を客観的に説明することができない。

ただ、もし私が抱えるような弱さや愚かさを、この社会が、この共同体が、多少なりとも内包しているのだとしたら——弱く、愚かな自分に悩む人が私以外にもいるのだとしたら——参考になるかもしれないと感じている。数年後か数十年後か、次の新たな病気が蔓延する時代のための反面教師として、再び社会が混乱する時代に引用するための「悪い例」として、この日記が読まれることがあるとすれば、そこに、いくらかの価値はある。

私は(私に対して)、そのつもりで本書を編んだ。未来においてもまだ愚かで弱いままの可能性がある私へ、過去の私を、歪んだ鏡像として提案できるようにしよう……そう考えて、言葉を刻んだのである。昨日よりも賢い今日を、今日よりも強い明日を生きてくれ、と伝えるために。

目次

コロナ禍日記２０２０

３月〜６月　新たな家族を迎えるまで

三月の日記

三月一日　日曜日　晴れのち曇り

朝、実家から野菜が届く。大根、レタス、ブロッコリーなど。昼食は昨日の残りのクリームシチュー、夜はもらった野菜を使って、ブロッコリーのおかか和え、レタスのしゃぶしゃぶサラダ、大根たっぷりの味噌汁などをつくる。

風呂から出た後、スマホで野田秀樹の声明を読む。「演劇は観客がいて初めて成り立つ芸術です。スポーツイベントのように無観客で成り立つわけではありません。ひとたび劇場を閉鎖した場合、再開が困難になるおそれがあり、それは「演劇の死」を意味しかねません。」とあり、私はどうにも得心いかなかった。

なぜ死を懼れるのだろう。

なぜ死を拒むのだろう。

文章表現も、読者がいて初めて成り立つ芸術である。連日報道されているヨーロッパの国々のように、自粛より厳しい外出禁止、都市封鎖とかいう状態に東京が陥れば、ライブハウスや劇場だけではあるまい、きっと書店も古書店も店を閉じざるを得なくなるはずだ。自社から感染者が出れば、出版社だって印刷会社だって、ひょっとすると取次（流通）だって、休業せざるを得なくなるかもしれない。そうなれば「文章表現の死」は……特に私のような貯えもろくにない、売れない作品ばかり書き散らかしている三文文士からすれば、あまり、冗談とも言えぬ状況である。一昨日も、講師を勤める予定だったカルチャースクールの連続講座が中止となり、全五回分の講演料が露と消えた。今進めているS社の書き下ろしの単行本にしたところで、どうなるかわからない。三月は、下手をすれば作家としての収入はゼロかもしれない。流石に今すぐ餓えて死ぬことはないが、とは言え売れない作家の私は、手すら動かせなくなったらいよいよ終わる。作家としての死はすぐそこまで迫っている。

だが、私は死を厭わない。死に怯えない。

そうならなければならない状況に直面すれば、私は迷わず死を選ぶ。死を受け容れる。なぜなら、私の作家としての活動なぞ、いつくたばろうが、構いやしないからだ。「文章表現の死」なぞ、何も怖くない。講演会や同人誌即売会といったイベントは貴重な収入源ではあるが、私はそれらを一切捨てる。別に補償も求めない。この先、打ち合わせや取材、編集作業などが難しくなり、本や雑誌が出せなくなって、原稿料や印税がもらえないとなっても、構わない。かけらも惜しくない――私の妻が無事であるならば。

妻は今、妊娠中である。七ヶ月目で、このまま無事に月日が進めば、六月下旬には出産の予定である。

私は今、妻と妻のお腹の中にいる子どもが、この先を無事に過ごせるのであれば、他の一切合切への欲望を捨て去る覚悟でいる。ペコペコと頭を下げ、何卒よろしくお願いしますと送ったいくつもの企画書が、さっぱり相手にされなくても構わないから――一昨日、H社から発売となった私の新刊が、どれほど無視され、売れない結果となってもまったく気にしないから――今書いているすべての原稿が、全部ボツになってもよいから、とにかく、とにかく、妻が息災であってほしいし、子どもには健康で生まれてきてほしい。

その願いが叶うなら、冗談を抜きにして、私は死んでも構わないと思っている。初手から父なしというのも、やや不憫な気がしないでもないが、いや、こんな父親、いてもいなくてもどうってことはないだろう、元気にやってくれ。妻は頭がよいし、しっかりしている。私が消え去ってもうまく生活するだろう、達者でやれ。

……という具合で、肉体的な死はいささかも怖くない。もっと怖くないのは、名誉や地位の死だ。こっちはそもそも大したものを持ってないがゆえに、いくらでも死ねる所存というか、恐怖など湧きようもない。「お前の子どもが無事に生まれてくることと引き換えに、作家を辞めてもらうがよいか?」とメフィストフェレスに問われれば、間髪を入れず首を縦に振る。

それが、現在という時間に対する、私の覚悟である。ゆえに、私は野田秀樹の意見書を読み、声を大にして叫ばねばならぬと感じた。

演劇よ、死ね。家に籠ろう。私の妻と、妻のお腹にいる子どものために。観客ともども家にとどまり、感染拡大の可能性を少しでもよいから減らしてくれ。

無論、ひとりでは冥府魔道を歩ませやしない。心もとないかもしれないが、私も同行しよう。

泣くな。愚痴を吐くな。不平を漏らすな。小さな子どもひとり、助けたのだと思えば、生きた意味もあったじゃないか。個人主義など幻想だ。人間は、動物だ。遺伝子を、子孫を、種を、残すために生きているのだ。お前の演劇はくたばり、私の文章も斃れる。そのおかげで、ひとりの妊婦が助かり、そこからひとりの未来が生まれたのだ。それで、じゅうぶんじゃないか。立派だよ。ひょっとすると、その子どもは、多少なりともお前の芝居や私の文章のことを、遠い未来において、思い返してくれるかもしれない。いや、可能性が残せただけでもすてきなことである。お互い、表現に身を賭した意味はあったと言えるだろう。

もちろん、すんなりと死ぬ必要はない。

観客のいない舞台で、血反吐を零して忘れちまったセリフを練り直して叫び返そう。

読者のいない版面に、たゆたう筆先で迷いのすべてを血混じりの墨で書き尽くそう。

とりあえず、私は今日から日記を書くことにした。経済的にも、社会的にも、そして何より肉体的にも、私は数ヶ月後には死んでいるかもしれない。どんな結末にせよ、受け止めよう。だが、それまでに、私は戦うはずである。どう戦い、戦いながら何を考えたかを、いや、違うか……敗北のためにどう戦い抜いたかを、観察し、記録するのである。

この原稿を、この日記を、笑いながら破り捨てられる日がやがて来ることを、心の奥底で祈りながら。

しかし、日記は苦手だ。

十代の頃から、たまに日記を書こうとするものの、最長で二ヶ月程度しか、続いた試しがない。

自分を客観視できちゃう瞬間が嫌なんだろう。

ただまあ、そんな言い訳をしている場合でもない……。急がないと。

ガバ
この時代の人間が、何も考えずに、ただ周章狼狽していたのだと——

未来から呆れられたくない。

三月二日　月曜日　雨

先週半ばから三十七度台の微熱が続くため、妻を淡路町にある会社まで送った後、近くの心療内科へ。混んでいたら嫌だなと思っていたが、時間が早かったからか、私以外誰もいない。すぐに診察室に呼ばれる。

日中はなんともないが、夜になると熱が出て、軽い倦怠感を覚えるようになったこと、喉や頭の痛み、咳や鼻水などは一切ないことなどを伝える。私より一回りくらい年上の、女性の先生が診てくださる。

「風邪ではない。コロナでもない」と力強く先生が断定する。私もそうだと思っていたので、安堵からか、しっかりとうなずく。「ストレスではないか、心当たりはないか」と先生が訊ねるので、私が近況を詳しく述べる。

妻が妊娠中であること、今、七ヶ月目に入ったばかりで、お腹が随分と膨らんできて、通勤時に何かあったらと思うと不安で仕方なく、毎朝妻と一緒に家を出て、妻の会社まで妻を送り、帰りは自分の仕事がどれだけ途中であろうと放り出して、妻の会社まで迎えに行き、一緒に帰り、夕飯の支度から洗い物、家の掃除などに精を出す……ような生活をかれこれ去年の十月中旬に妊娠がわかって以来、ずっと続けており、並行して、ここのところ自分の著述業が忙しく、昨年の十二月、今年の一月、二月、四月と自著が出版される運びであり、どうにも貧乏暇なしである旨を伝えた。

「ストレスですね、心労です」と先生は再び強い口調で断言し、それから、私は滾々と諭された。

「今の妊婦さんは、あなたが思っているより、ずっと強い。過剰な心配はあなたのためにも、奥さんのためにもなっていない。少なくとも朝晩の送り迎えの必要はない」と手厳しい。私のここ五ヶ月間の気苦労が一刀両断された形である。しかし、先生の手は緩まない。出産や育児の経験があるのだろう、先生の言葉はさらに厳しくなった。

「子どもが生まれるということは、自分とは異なる、まったく別の意志を持った生物が、すぐ傍にいるようになるという意味です。それは、あなたはわかっていないようだけれど、あなたが今まで経験してきた世界とは、まったく異なる次元のものなんです。そうなったとき、今みたいにあれこれ心配していたら、あなたは、倒れますよ」と言われてしまった。私は一言も抗弁せず、ありがとうございます、気をつけますと頭を下げた。病院近くの薬局で解熱剤などを処方してもらい、神保町へ。書店に立ち寄り、古書店の軒先をうろつき、喫茶店で少しだけ会社の仕事をする。

夕方、妻を迎えに、再び淡路町へ。お医者はどうだったかと妻に訊かれる。風邪ではなく心労による発熱らしいと伝える。「秋からずっと、あなたはちょっと無茶な量の仕事をしていたわ」と妻が言う。その通りだと応じる。

帰り道、丸ノ内線が混んでおり、妻の座席を確保できず、ふたり、立って揺られる。茗荷谷駅の手前で、妻がフラッとよろめく。「大丈夫か」と妻の腕を支えてやると、優先席に座ってスマホをいじっていた、私と同じ年格好の男が、顔を上げ、妻の鞄にぶら下がる妊婦マークに気づき、慌てた顔をして、申し訳なさそうに、すみませんどうぞどうぞと言いながら妻に席を譲ってくれた。もっと早く気付いてくれと思いもしたが、しかし、ここは感謝をするべき場面。どれだけ遅くとも、善意は、示されないままであるよりは、示されたほうが、ずっとよいに決まっている。

夜、Bという雑誌から依頼された小説の原稿を進める。三月までにと言われて、もう三月になってしまった。手は動いている。問題は枚数だ。二万字程度との約束だった気がするが、このまま書き殴れば、必ず超過する。まあいいか。

三月三日　火曜日　晴れ

お医者の先生にはああ言われたが、やはり妻の送り迎えはやめられない。私がいないときに、妻が誰かに押されて転びでもしたら、と思うとやはり一緒にいられるときにはとことん傍にいたい。電車の中で、妻の隣に立つ人間が咳やくしゃみをしたとしたら、と考えればどうしたって私が真横で壁になって守りたい。本当ならば妻の会社に乗り込んで「こんな状況で、いつまで妊婦を働かせるつもりだ。時代遅れで頭の悪い、うだつの上がらない間抜けな中小企業め、貴様の会社なんぞつぶれても社会は痛くも痒くもないんだ！　とにかく、とっとと私の妻だけでも在宅勤務を許可しろ！」と怒鳴り散らしたい気持ちなのである。それをぐっとこらえている。「産休に入れるのは、四月中旬からなの」と妻は言う。遅い。待っていられるわけがない。平時ならそれでもよいが、今はこんな時期だ。街の人混み、駅構内の雑踏、そうしたところを通り過ぎるだけでも危ない気がしている。私ひとりの身体なら別にどうでもよい。だが私はひとりではない。妻がいる。妻のお腹には生まれる前の赤ん坊がいる。一日も早く在宅勤務になってほしいが、どうにかならないものか。

妻を送った後、喫茶店に入る。B社の連載のネームを切る。店内は混雑していた。すぐとなりでは、若い男女が六人ほど、賑やかに談笑していた。皆、新しい、同じ色をしたスーツに、身を包んでいる。就職活動中の学生たちかもしれない。企業も続々リモートワークに入るだろうし、就職活動をしようにも、おいそれと面接などもできなくなるかもしれない。大変だろうなと思う。思うだけで、私には何もできないけれど。

喫茶店での仕事は、
すいすい捗るときもあれば、
あんまり筆が乗らない
ときもある。
だめだ。
全然ネームが
できなかった。
気が焦るばかり。
きりきり
やらないと、
ほんとに仕事を
失っちゃう……。
生まれてくる
子どものために
少しでも稼いで
おかないと。
あ、神社がある。
妻の妊娠がわかって以来、
私は神社を見つけると、
必ずお参りするように
なっていた。

お参り
して
いこう。

三月四日　水曜日　曇り

朝、妻を送った後、家に戻る。S社から頼まれている書き下ろし単行本の組版作業を進める。昼は、先週つくって冷凍しておいたミートソースを解凍し、パスタに。食べ終えてから、妻が「夜はほうれん草のパスタがいい」と通勤時に言っていたのを思い出す。

M書房の編集者S氏からメール。私の四月の新刊、見本出来がまもなくとのこと。それにともない、三月下旬からSNS等で告知をしたいから、そのためのカラーイラストを描いてほしいと頼まれる。私の拙い絵に、色など塗ってみたところでさしたる営業効果が期待できるとも思わなかったが、M書房は私の新刊をかなり刷ってくれるらしいと聞いていた。些細なことであっても、少しでも営業の足しになるようなアイデアを実行してくれようとしているのだろうから、応えるのが義理というもの。来週までにはやりますと返事をする。

夕方、妻を迎えに行くために家を出る。駅までの道すがら、空を見上げると、重たい雲の隙間から、夕焼けが見えた。駅前の小さな公園で、傍の団地に住む中国人たちが、小さな卓を囲んで、あれは象棋とか言うのだろうか、ボードゲームに興じていた。プレイヤーも岡目を愉しむ人たちもタバコをプカプカやりながら笑っている。冬場はめっきり見ない光景だったから、久しぶりに彼らを眺めることができて、なぜかホッとした。

三月五日　木曜日　晴れ

昨日の夕食後、妻が「もしかしたら、来週から出社しなくていいかもしれない。会社から、まず妊婦や小さな子どものいる母親などから、優先して在宅勤務が可能になるようにするって連絡があったの」と伝えてくれた。朗報だと喜ぶ。まあ、前時代的な社風の妻の会社のこと、想定外の事態に対しては動きが鈍いだろうから、そのように決定したとしても実行に移るのはもう少し時間がかかるに違いない、と昨晩は思っていたのだが、考えてみれば「妊婦を優先して在宅勤務可能にする」と判断してくれたことだけでも、ありがたい。感謝しなければならない。実際、今朝の丸ノ内線に乗る私の気持ちはスッと晴れていた。心配事がひとつ、軽減されたのかもしれない。もちろん、まだまだ油断してよいわけではないが。

対照的に私の勤務先はコロナへの対応がすばやく、二月十八日には会長から全社員に向けて、在宅勤務を推奨する旨が通達された。「新型コロナウイルス対策室」が社内に設けられ、状況を分析して独自に緊急レベルを設定、レベル1は「時差通勤・在宅勤務推奨」で、レベル2は「原則完全在宅勤務」で、レベル3は「一部または全ての営業活動停止」といった具合で、現在は全社員にレベル1の対応を求めている状態だ。忠実な平社員である私は、当然社命に逆らうわけもなく、いち早く在宅勤務に移行した。

しかし、今日は年度末納品のプロジェクトの打ち合わせがあり、妻を送った後、会社へ。プロジェクトマネージャーから進行状況を説明され、あまり順調ではない状況が共有される。メンバー各員がそれぞれの作業分担を再確認し、納品に向けての再スケジュールを策定、苦しい状況だががんばろうという話になる。わざわざ顔つき合わせてするほどのミーティングかと思ったが、スケジュールの遅滞は、在宅勤務にかまけて稼働が落ちている私にも少し、いやそここの責任があると自覚していたので、押し黙る。

会社においては無能な万年平社員と自分を位置づけることで、責任あるポジションや過重なミッションから逃れている私であるが、毎年のことだが年度末はなかなかそうも言っていられなくなる。生まれてくる子どものためにも、ここで会社から馘首されるわけにはいかない。もう少しだけ、真面目にやろうか。

三月六日　金曜日　晴れ

妻の誕生日。今日は妻も私も有給休暇を取得し、遅く起きて、簡単な昼食を済ませ、妻の実家で車を借り、コロナ騒動の前から計画していた、椿山荘に一泊する小さな旅行へ。

到着し、チェックインを済ませてから、庭を見て回る。私たち以外、誰もいない。河津桜や椿の花を眺めて、地面の高低差に気をつけながら、ゆっくり歩く。穏やかな風が庭を抜ける。

植物や土の香りが顔先を撫でる。ここ数週間、嗅いでいなかった香りのように思える。

夕食は、園内にある木春堂へ。木春堂に来たのは、祝言を執り行ったとき以来だから、ちょうど四年ぶりぐらいだろうか。最初、店内には誰もいなかったが、ゆっくりと運ばれてくるコース料理をのんびり食べていたら、次第にお客も増えてきた。デザートの後、お店の方が、誕生日祝いとして、花束を妻にプレゼントしてくれた。

その後、ホテルに戻ると、部屋までケーキとノンアルコールのシャンパンが届けられる。ホテルマンが、お子様に、と小さな黒いクマのぬいぐるみをくれた。なぜクマなのかわからず、ふたりで首を傾げる。そうして、キョトンとした表情を浮かべる、でも過度にデフォルメもされていない、不思議と愛らしい造形のクマのぬいぐるみを見て、妻と笑い合う。

その後はひたすらくつろぐ。若い頃だったら、わざわざ都心の一等地にあるホテルに一泊するなんて真似、バカらしいと一笑に付しただろう。同じ規模の時間とお金を使うのなら、少しでも遠いところへ移動し、できる限りアクティブに過ごそうとしただろう。けれども、この状況下で新幹線やら車やらを乗り継いであっちこっち移動するのは怖いし、そもそも妊娠中の妻を連れて遠方へ出かけるのは危ない。だから、この小旅行は正解なのだと思う。妻は喜んでいるようだし、私もかなり久しぶりに仕事のことを考えずに時間が過ぎ去るのを楽しめた。

庭園を妻と
並んで歩く。
花の盛りでは
ないけれど、
椿だけは、
色鮮やかな
ものがあった。
椿の花、キレイね。
い、椿山荘と言うだけある。

三月七日　土曜日　曇り

昨晩は数年ぶりに寝酒をせずに眠った。だからか、寝覚めがよい。身支度を整えてから、ホテルのレストランで朝食。感染の危険を避けるためか、ビュッフェ形式ではなく、各テーブルに料理が運ばれるスタイルだった。食べたいものを、食べたいように選べる楽しさゆえに、私はビュッフェが好きだったのだが、仕方がない。「こうやって、段々と自由が減っていくのね、きっと」と妻が言う。「茹でるか、焼くか、ぐらいの選択肢は残せるようにがんばりたいわ」と妻が笑う。選択肢を狭めているのは、いつだって私たちの想像力のほうだ。奪われる自由なんて、幻想だ。私たちが、むざむざ自由を捨てているだけだ。「生卵じゃなければ、いいよ。火さえ通っていれば」と返す。

食後、チェックアウトの前に、椿山荘の隣にある永青文庫へ。閉館にはなっておらず、館内には少ないがお客さんがいた。展示物のひとつ、「顔回」という銘のオブジェに目を奪われる。瓢箪でできた花器で、あの千利休が愛用していたものだそうだ。触発されたのか、妻が昨日もらった花束を飾るための花入れを買いたいと言う。今までは、花を買ったりもらったりしたときは、適当なガラス瓶に挿していたが、確かにいつまでもそれじゃあ、味気がない。

チェックアウト後、車を走らせて、園芸ショップのようなお店を探し、立ち寄ってみる。「顔回」ほどの愛らしいものはない。ふたりでしばらく思案したが、今回はよすことにした。

ある種の美には、きっと偶然というエッセンスが不可欠なのだと思う。利休も、最初から花入れとしての瓢箪を求めたわけではあるまい。何かの拍子にたまたま見かけた瓢箪の、その天然の造作や色艶に心惹かれて、花入れとしたのだろう。作為のないところにポンと息衝く、愛らしい表現の萌芽を、利休は好んだのではないか。徹頭徹尾、計算され尽くした美も私は嫌いではないし、立派だと感じるけれど、今は、偶発の美が、ほしい。予期されなかった何かに、出会わなければならないという気持ちが、強い。

三月八日　日曜日　雨

午前中、S社の書き下ろし単行本の原稿を進める。終わりが見えてきた。いや、終わらせるだけならば、私にとっては難しいことではない。三流編集者の私だが、刊行スケジュールを守らなかったことは……すなわち「落とした」経験は、かつて一度もない。何が何でも間に合わせる、新刊至上主義の申し子が私である。編プロ時代も、版元勤務時代も、そこだけを取り柄に生きてきた。なので、自著に関しても、入稿のタイミングから逆算して、厳密に「終わらせる」ことだけを意識して手を動かす。そのプロセスだけならば、誰よりも秀でているという自負がある。一方で、それは妥協を厭わない姿勢の表明でもある。時間があればもっとこうしたかった、もう少し丁寧に練り込めばもっと違うものになった……そうした反省と、私のスケジューリング能力はセットである。ちっとも威張れたものではない。言い訳を用意しながら、いつも本をつくっている。くだらない編集者であり、ダメな著者であり、それが私である。

ところが、S社のこの単行本は、少し事情が異なりそうだと感じている。コロナ禍のせいで、いやおかげで、刊行スケジュールが不透明なままだ。これは、S社の責任ではない。プルーフになりそうな分のゲラ用データは既に送っている。が、書店営業も通常のようには今はいかないだろう。ただでさえ、私の著書である。放っておいても注文が来るようなタイトルではない。コツコツと書店受注をとり続けて、どうにかこうにか部決にいたるのだろう。もとから四月刊行とは聞いていた。来週入稿すると言われれば、私はすばやく終わらせ、つつがなくDTPを済ませ、入稿データを完成させてみせる。ところが、そのタイミングがまだ見えない。S社も見えていないだろうし、私も業界人の端くれではあるけれど、正直、今回の状況についてはやはり見えない。緊急事態宣言がなされたら、休業する書店も出てくるはずだ。都内の主要書店が閉じれば、少なくとも都心部の書店はそれに倣うだろう。春分の日からはじまる三連休前あたりに、人の移動を制限すべく緊急事態宣言が出るのではという噂もある。そうだとすれば、一ヶ月程度書店が稼働しない可能性が浮上し、すると自然、四月刊行は避けたいと出版社が思うのも道理である。私のような初版刷部数の少ない作家を相手にする出版社側の判断として、正当となるだろう。

なので、私にとっては非常に珍しいことに、今、とてもゆっくりとした態度で、自分の原稿と向かい合っている。何度も読み返し、消し、削り、書き直し、書き足しして、手を動かしている。それが必ずしも本にとってよいこととは限らない。最初の勢いで、一気呵成に仕上げたもののほうが、熱意が冷めないというか、伝えたい情熱の勢いが殺されないようにも思うが、まあ、それ一辺倒というのも、芸がない。コロナ禍のおかげで三文文士なりに成長する機会を得たと思うようにしよう。

夕方、妻とテレビで大相撲を見る。無観客での取組。土俵入りから固唾を呑んで見守ってしまう。観客の拍手も歓声も怒号も、何もない。行司の声、力士たちの息遣い、土を踏みしめる音、肉体がぶつかり合う響き、いろいろなものが、まっすぐ聞こえてくる。色々と意見のあるところだろうし、力士もやりにくさを感じているのかもしれないが、これはこれでよいなと思った。大相撲という文化の見せ方として、間違ったものではないと感じた。観客がいなくとも「大相撲の死」はない。鍛え抜かれた力士たちの肉体と精神は、ただそこにあるだけでも、価値が損なわれるものではない。無論、無観客のままでは、いずれ興行としての限界を迎えてしまうのかもしれないけれど、お相撲の、神性は、失われない。勝手にそう感じて、少し興奮してしまった。妻のご贔屓は貴景勝と千代丸。初日はどちらも白星。私が応援している北勝富士は負けてしまった。

ハッケヨーイ
観客のいない大相撲……。
しかし、妙な迫力がある。
削ぎ落とすと、浮かび上がるものがあるのかもしれない。
フーム
うーん、いいね。
ンー
オレもムダを削ってみよう。よいしょっと。
ホッ
下に響くわ、やめて。
妻

三月九日　月曜日　曇りのち晴れ

いつものように妻を会社まで送り、私もその後自分の勤め先へ。山手線の混みようはさして減っていないように感じる。高田馬場駅から乗ってきた、私より一回りくらい年嵩に見える背広姿の男が、入り口近くで咳き込んでいる。マスクをしていない。肘周りの袖を顔の前に持ってきて、背を曲げて、懸命にこらえているのだろうが、それでも止まらないといったようすで、咳を繰り返す。咳の反動か、それとも申し訳ないというジェスチャーなのか、白髪交じりの頭部がペコペコ反復して動く。すぐ側の座席に腰掛けていた若い女性がサッと立ち上がって男から離れていった。男のいた入り口の近くにいてスマホをいじっていた作業服姿の男性も、スマホから顔を上げ、咳き込む男を一瞥し、よそへと移動した。私も次の駅でホームへ一度降りて、車両を変えた。

いけないことだが、憎しみの感情が湧いた。彼が悪いわけではない。咳が止まらないにもかかわらず、そんな彼に移動する判断をさせるに至った彼を取り巻く環境が悪い。その立場を選んだのも彼かもしれないが、彼には自身の思考で生きることを許さない彼の事情があるのだろう。そこに至る彼の過去を含めて私は憎み、悲しくなる。なるが、どうにもならない。私の身勝手な思考は、彼の行動を掣肘しない、いや、できない。

利己主義に走る自分を見つめる羽目に陥るぐらいなら出社せねばよかったと後悔したが、結局のところ私にも仕方のない事情とやらがある。社会の一員であることを拒めない背景がある。まったく、私も大概身勝手だ。

とは言え、私は利己主義に徹するしかない。妻と妻のお腹の子を守るためにも、新型コロナウイルスに私が感染するわけにはいかないという決意を、感染したくはないという欲望を、貫かなければならない。政府の見解や巷間に溢れる客観的な情報などを分析し（鵜呑みにし）、現実的な危険性を判断する作業を、私はしないだろう。私が感染するかもしれないという不安、私が感染することで妻や妻のお腹の子に万が一のことがあったらという不安、それらが私の主観の中にある限り、私は身勝手に恐怖するのだろう。頭の片隅には「そんなに恐れるべき病気でもないのでは？」という感慨がなくもないのだが。

などと考えていたら、会社に到着。わざわざ出社したのは三月末に迫った社内レイアウト変更のため、オフィス内の私の机周りを片付けようと思ったから。会社につくと、平時の半分くらいの社員が出社していた。ほとんどの社員はレイアウト改変のための整理が済んでいたらしく、私の机だけが汚いままだった。段ボール箱にポンポンとゲラや資料や本や書類を詰めていく。またたく間に三箱近くできあがってしまう。総務の人にイヤな顔をされる。「私物は溜め込まずに持って帰ってくださいね」と釘を差される。「すみません」と頭を下げて、段ボール箱のひとつを家に送る手配をする。残りふたつは、おいおいやろう。

えっ？レイアウトを変更した後は、フリーアドレスになる……？
資料
そう。固定席は廃止だから。
わかりました。
自分の席がない編集者ってのもやりにくいな。
いや、奇貨居くべし。リモートワークの練習と思おう。
PC

三月十日　火曜日　雨

朝、妻を送って、家に戻ってきてから、昨日の夕方、Ｓという出版社の編集者からもらったメールに返信する。三月下旬に予定されていた、Ｓの本社で開催される予定だったイベントが中止になった由。講演料がまた消えた。申込者が既におり、編集者氏も心苦しいと書いていたが、確かに申し込んでくれた人たちに申し訳なく感じるものの、しかし、やはり正しい判断だと思う。感染のリスクを考えたら、私のトークになど、価値はない。演劇やライブなど、特定の場所や空間に人を集めてするタイプの表現に関わる人たちの、特に収入面での不安や不満をここ最近よく目にする気がするが、この状況下で、いつもと同じ方法論で稼げないからと言って不満をつぶやく表現者を、私は味方したくない。昨日と同じやり方しかできないようでは、社会の変化にも、表現を需要するユーザー心理の変容にも、いずれ対応できなくなる。ウイルスが変化するように、表現もまた変わるべきなのである。

夕方、妻を迎えに行くと、荷物がやたらと多い。明日からリモートワークとなるため、在宅で勤務するための機材一式を会社から借り受けてきたとのこと。代わりに荷物を持つ。ＰＣやらキーボードやら、いろいろと重たいが、安心する重たさだ。これで、朝夕の送り迎えがなくなる。妻が危険に晒される回数も時間もぐっと減る。本当によかった。

三月十一日　水曜日　晴れ

七時起床、寝ている妻を起こさぬように、静かに家を出て、税務署へ。確定申告をするためである。提出書類そのものは、二月下旬にはできていたが、妻の通勤に同行したいがために、朝一番に税務署へ出かける機会を逸し続けていた。が、今日から妻は出社しなくてよい身分である。だから今日済ませてしまおうと考えた。

八時過ぎには税務署に到着。まだ開いていない。数人が、距離をとって並んでいる。私も列に加わる。段々と人が増えてくるが、それでも例年に比べればずっと少ないように感じる。新型コロナウイルスの影響で確定申告の期限が延長となったからだろうか。毎年、これぐらい空いていればよいのにと思う。

税務署が開く。署内も人はまばら。我ながらスムーズに済ませ、ものの三十分もかからず終了。確定申告の控えを大切にしまって、帰途につく。

途中、駅前でクリーニングを受け取る。妻のコートとセーター、私のジャケットとYシャツが三枚、それから義父からもらった、お気に入りのルイ・ヴィトンの真っ青なネクタイが、きれいになっていた。遠目には無地の青一色に見えるため、妻は「トランプ大統領のネクタイみたい」と笑うが、しかし、実にスッとした、つけると心持ちが晴れやかになる青なのである。

予定通りなら、来月の今頃は、非常勤講師をしている女子大での講義が始まるはず。このネクタイを締めて、講義に出かけたいが、果たしてそれは可能だろうか。

帰宅すると、妻が仕事をしていた。会社から支給された小さなタブレットPCを机に置いて、細かい表を見つめながら、手を動かしている。モニターが小さくはないか、余っている大きいモニターにタブレットPCを接続してあげようかと提案したが、「会社においてあるPCの画面を、リモートで操作しているのよ。大きい画面につないだとしても、見えやすくはならないと思うわ」と妻。覗き込んだら、なるほどリモートの時点でだいぶ解像度が下がっている様子。確かに大きな画面に映し出したところで意味はなさそうだ。在宅ワークも、企業によってだいぶ環境に差が出るものらしい。あくまでも機材は会社に存在し、社員という人的リソースだけを社外に置くという発想と、私の勤務先のようにクラウド上で業務に関するほとんどのデータへのアクセスを可能とした上で、社員の個々の環境で自由に仕事ができるようにする発想と、どちらに分があるのだろう。データの安全性を考えれば前者かもしれないが、仕事のしやすさは圧倒的に後者だ。後者は、突き詰めれば会社が不要に思えてくる。コロナ禍を契機に、ガラッと働き方を変えてくる企業も増えるかもしれない。昨日と同じ働き方が通用しない時代になっているという現実は、二十一世紀になって日本の社会のさまざまな側面で突きつけられている事実のはず。コロナ禍を契機として、その重たい事実に向き合うのも、悪くはないのではないかとしみじみ思う。

確定申告をしたいのですが。
あちらの窓口にどうぞ。
ガラン
……人が少ないな。
焦らず丁寧にできるな。
カタカタ
今までで一番スムーズにできた確定申告だった。

三月十二日　木曜日　晴れ

昼は、妻の伊勢の親戚から贈られてきた伊勢うどんを、妻がゆでてくれた。結婚当初は、甘辛い醤油の味もやわすぎる麺にも慣れなかったが、折りに触れ送ってくれるので、食べ続けているうちに慣れ親しみ、今ではすっかり私も伊勢うどんの愛好家になった。妻はネギが好きではないため、私のどんぶりにだけ、一緒に贈ってもらった九条ねぎをたっぷりよそってくれる。生卵ものせてみたかったが、妻は妊娠中ずっと、生卵を食べないようにしている。ので、自重することにした。

昼食後、散歩へ。駅近くを流れている小さな川沿いに歩く。桜並木があり、枝を観察する。まだ、咲いていない。だが、どのつぼみも、しっかりとふくらんでいる。深く呼吸をすると、桜の香りが幽かに漂うように思える。去年、桜が咲いた折には、妻の姉夫婦を家に招待して、昼餐の後、この桜並木を見た。幼い姪が、並木道を散歩する犬を怖がり、泣きながら妻に抱きついているのを、缶ビール片手に笑いながら眺めた記憶がある。今年も、同じように花見、できるだろうか。

夕方までに、Bという雑誌から依頼されていた小説の原稿を仕上げる。ここ数年の私は、書き下ろしの単行本仕事が多く、そしてほとんどの場合、自分で本文をデザインし、組版までしていた。ところが、今回は原稿のみである。テキストファイルだけを送ればよいという納品形態は、割と久しぶりだったので、不思議な感覚に陥る。きちんと仕事をしきっていないような、まだ余力を残してしまっているような、文章を読者に届けるというプロセスにおいて、肝心要の仕事を済ませていないような、そんな気分に陥る……という思いの丈を、コーヒーを淹れてくれた妻に打ち明けてみれば、「それが、普通の作家なのよ。あなたは、全部を自分ひとりでやろうとしすぎるの」と返された。

そうなのかもしれない。読者に文章を届けるところまでが自分の仕事だと私は思い込みすぎなのかもしれない。人に任せることを、そろそろ覚えるべき年齢に差し掛かっていると、思うようにしよう。

夜は、とうもろこしの炊き込みご飯、トマトのサラダ、豆腐、ほうれん草のおひたし、大根の味噌汁、焼き鮭、という献立。鮭を焼くのだけ、妻がやってくれた。食事中、明日の妊婦健診について、妻が不安を漏らす。何が不安なのかと訊いたら、「特に何かあるわけじゃないけれど、体重が増えすぎていないかとか、赤ちゃんがちゃんと成長しているかとか、検診前は、いつも落ち着かないの」とのこと。私も、妊婦健診の前は、いつだって心配が募っている。だが、口にはしない。「まあ、きっと、大丈夫じゃないかな。それよりさ、このとうもろこしご飯、うまく炊けたと思わない?」とだけ返事をする。無能な夫である。

三月十三日　金曜日　曇り

朝、八時に起床し、九時三十分過ぎ、妻と一緒に家を出て、産婦人科へ。今までずっと妊婦健診には付き添っていたのだが、今回初めて、私は院内に入れないことになった。感染拡大防止の見地から、検診は妊婦当人のみとなり、付き添いが認められなくなったのである。当然の処置だと思う。何より守らねばならぬのは、妊婦の健康である。妻の妊娠経過が順調であるかどうかをお医者さんの口から直接教えてもらいたい、かつ一刻も早く胎児のエコー写真が見たくてたまらない、という夫の希望など取り合う必要はない。院内感染の危険を防ぐために、院内に立ち入る人間の数を減らそうという方針には、大賛成だ。でも、寂しい。

産婦人科の入り口まで妻を見送った後、駅前の喫茶店に入る。極力他人から遠ざかる場所を選び、持ってきたノートパソコンで会社の仕事をする。いくつかの連絡をして、いくつかの質問に応じる。同僚諸氏も在宅ワークだからか、心なし、反応が鈍い気がする。確かに仕事は進んでいるが、鋭さがない感じ。丁寧ではあるが、のんびりしている雰囲気が、ネット上のやり取り越しに透けて見える気がする。しかし、悪いことではない。コツコツと作業が進んでいく感じは、毎日出社していた頃には得られなかった感慨だ……プロジェクトの末端にぶら下がるだけの平社員の見解ゆえ、見当違いも甚だしいかもしれないが。

一時間半ほどが過ぎて妻から、診察が終わり会計も済んだと連絡が入る。産婦人科まで迎えに行く。どうだったと問えば、「順調。診察中にね、すごい動くの、この子」と妻が微笑む。エコー写真を見せてもらった。ぼんやりと浮かぶ頭部のシルエットに、小さな手が覆いかぶさっている。「顔をね、手で隠すの。可愛いでしょう?」と妻。嬉しそうである。私も嬉しくなる。駅前のファストフードのお店でランチをして、帰宅。

午後、M書房から新刊の見本が届く。書店に並ぶのが四月十日前後と聞いていたから、随分と早い見本出来に思える。少なくとも私が編集者であれば、絶対にやらない、否、やれない進行だ。ひょっとすると、M書房の営業戦略としては、コロナ騒動を見越して早めの配本や営業を仕掛けようとしているのかもしれない。今回の新刊は多分に大学生向けとあって、書店はもとより、大学生協などで展開するつもりなのだろうから、そのためにも、もしも緊急事態宣言がなされて混乱が拡大してしまうようなことになる前に、ちゃっちゃと本を運ぼうというつもりなのかもしれない。まあ、このままでは大学もスンナリとはスタートしない気がするけれど。

いずれにせよ、著者としてはしっかり本ができていれば、文句はない。一冊手にしてみて、パラパラと眺めてみる。本文のデザインをしたのが私である場合、見本出来時は内容を読むよりも、モノとしてのデザインの強度に意識が向く。版面にもう少し厳しさがあってもよかったかなと感じる。柔和に過ぎるというか、もっとメリハリをつけてもよかったかなというか。そこを反省しつつ、M書房の編集者S氏にメールを送り、見本出来の御礼だけ伝えて、寝る。

妻の診察中に
少しでも仕事を
進めよう……。
と、思うが、
落ち着かん。
妻も
赤ちゃんも、
無事だろうか。
無事であって
くれ。
祈っていたら、もう
時間だ。会社の仕事
しかできなかった。
自分の仕事も、
こうした時間に、
少しでもやらないと。
……まずいなあ。

三月十四日　土曜日　雨のち雪

義父から車を借り、昼過ぎからデパートへ。そろそろ赤ちゃんのものを準備しようということで、以前よりこの日に買物に行こうと決めていた。

デパートは閑散としていた。赤ちゃん用品売場はとりわけ人が少なかった。店員さんも少ないように見えた。並べられた赤ちゃんのための服、特に新生児用のものをふたりで吟味する。どれも可愛らしい。うっとりする。あれもこれもと欲しくなる。何もかもが必要なものであるような気がしてくる。しかし、「デパートのものは高いし、そもそも生後二ヶ月もしたら着られなくなる服なのだし、たくさん買う必要はないわ。よいものを少しだけ買いましょう」と妻に制される。悩み抜いた末に高級なツーウェイオールのベビー服を一着、短肌着とコンビ肌着をあわせて五着、ガーゼを十枚ほど、それから妊娠中も産後も使える、夏用の妻のパジャマを買う。

その後、デパートのレストランで食事をしていたら、窓からの景色に、雪が交じる。食後のコーヒーと水とを持ってきてくれた若いウエイターが、ふと給仕の手を止め「……雪だ」とつぶやいたのが、よかった。雪を見て、雪だと言う。何のひねりもない、阿呆の感想のようにも聞こえるかもしれないが、その瞬間の私には、あるがままをそのまま言葉にする姿勢が、とても素直で、きれいなことに思えた。東京の人間は、私も含めてだが、雪に無責任である。滅多に降らないし積もらないから、対策もしないし予防もしない。そのくせ、雪で電車が止まったりすると大騒ぎをしたり、いかにも迷惑であるといった態度をとってみせたり、まったく身勝手だ。東京には東京ならではの雪の儚さや雪の美しさなどがあり、それはそれでとても味わい深いものであるように感じるのだけれど、多くの人は愛でる対象としてよりも、疎む相手として雪を見る。だが、雪は、ただそこにあるだけである。多くの自然現象がそうであるように、人間なんか斟酌しちゃくれない。人間も、不平不満をもらしたりせず、ただ雪と向かい合えばよい。雪を受け止めればよい。雪を雪として認めればよい。雪のよさを、ほんの少し考えようとすればよい。どうせ三日もたずに溶け出してしまうのだし、今のところは妻が道で転ばないようにだけ気をつけて、私も車を安全に運転することだけ意識して、それで、雪との対峙は、終わりである。

帰宅後、テレビでニュースを見る。今日の東京都内の感染者数が十人とのこと。初めて二桁を超えた。日本国内の感染者数の累計は本日時点で七百十六人。これから、段々と増えていくのだろうと思った。雪と同じだ。ウイルスもただそこにある。周章狼狽せず、軽挙妄動せず、妻と、妻のお腹の子を守ろう。そのためにできることを、淡々とやろう。私の人生において、他にやるべきことがあるとは思えない。私は妻と子のために生きる。私の人生はそのためにある。まったく、上出来だ。

三月十五日　日曜日　晴れ

昼過ぎ、妻と一緒に散歩へ。雪は跡形もなく溶け消え去り、晴天とあって心持ち暖かい。すっかり春。冬はもう終わる。暖かくなったら新型コロナウイルスもおとなしくなったりしないのかしらんと呟けば、妻は「そんなに簡単なものなら、みんな、こんなに騒がないと思うわ」と正論を述べる。妻は基本的に楽観視をしない。未来に起こる不安をすべてリストアップし、この瞬間の現実において何ができるかを考える主義の人である。どうとでもなるさと嘯《うそぶ》きながら三十八年間生きてきて、結局どうにもならなかったダメな中年からすると、学ぶところの多い女性である。

昨日、少々高級な赤ちゃんの服を買ったから、今日は少々安価な赤ちゃんの服を見繕おうということで、二駅離れた町の、量販店へ向かう。短肌着、コンビ肌着を数着買う。私の靴下も買う。それから、近くの公園を歩く。丁寧に植木や草花が管理されたこぢんまりとした公園は、にぎわっていた。親子連れや夫婦連れが多い。みんなしっかりマスクをしている。ツツジがたくさん咲いていた。

夜、題未定の短編小説に着手。仕事をしないと決めた日は、自分のつくりたい作品に挑んでみたいと思い筆を執るが、まあ、完成するかしないか、わからない。締切を編集者に用意してもらわないと書けないような人間にだけは、ならないようにしないといけない。その観点から、私はここ数年、暇を見つけては同人誌をつくるようにしていた。同人誌をつくるということは、自分で印刷所に入稿するという意味であり、つまるところ自主的な締切が設定される。誰に請われるでもなく企画を考え、文を書いて絵を描いてと手を動かし、本をつくるという自己鍛錬の場が、私にとっての同人誌なのである。実際、思考を整理したり、やってみたい表現の実験などには、非常に適したメディアであり、どうにかこうにか作家のような生き方を私ができているのは、ひとえに同人誌のおかげと言っても過言ではない。

しかし、最後に同人誌即売会に出たのは、二月九日のCOMITIA 131。五月十七日に予定されているCOMITIA 132には妻が臨月に近いこともあり、参加しないと先から決めていた。そして、次々とイベントが中止になっているご時世、同人誌即売会も開催が難しくなってくるとなれば、いったい次に私が同人誌を発表できる機会はいつになることか。数ヶ月後、いやひょっとして年内は難しいのでは……と思うと、いよいよ私は自分に鞭打ちながら、コツコツと、発表するあてもなく作品をつくるという作業に、専心しなければならなくなる、己の腕や目や頭がこれ以上鈍く重たくなってしまわぬように。

やろう。いろいろと大変ではあるけれど、私にはまだ真っ白い原稿用紙を見つめるだけの、時間がある。

同人誌をつくりたいな。

……いや、つくりたいと言うヒマで、手を動かすのが、オレという人間だったはずでは？

ダメだ、鈍っている。

動こう。

むくり
動き、失敗し、そして学ぶのが、オレの方法論！

机の前だけで考えるのが、私はそれほど得意ではない。肉体を動かしながら思考する時間を、私は愛していた。

とは言え、妻を置いて散歩は……。
うろちょろして病気になってもつまらん。……そうか。
書きながら、考えればいいんだ。
いや……。考えるために、書くんだ。

三月十六日　月曜日　晴れ

午前中、テレカン。年度末納品のプロジェクトの進捗報告。「私のやるべきこと」は実は先週の段階で済ませてしまっていたが、注意深く言葉を選び、ほとんどできてはいるが、微調整や修正、事実関係の確認にもう数日欲しいと伝える。半分は手が空いたのだと判断されて新たな仕事を振られないようにするためでもあるが、半分は納期間近に慌てないように真実丁寧に仕事をしたいと思ったからでもある。

在宅ワークをよいことに、三月に入ってからの私の稼働時間は、上司に日報で伝えている分量よりも、かなり少ない。不真面目にやっているつもりはないが、怒濤の勢いで働いているわけでもない。今は、とにかく、このゆったりとしたペースを守りたい。妻と子どものために。

夕方、妻と駅前まで買い物へ。食材を買ってから、洗濯用洗剤を買うために薬局に寄る。「マスク、やっぱりない?」と妻。棚を見てみたが、ない。先月から叫ばれるようになったマスク不足に私も少しそわそわさせられ、近隣の薬局を時々覗くようにしてみているが、一向に入荷される気配がない。マスクの品薄は、いよいよ深刻なのだろう。ネットなどでは凄まじい価格で転売されたりもしていると聞く。困ったものだ。「でもまあ、まだ足りているし、大丈夫だと思うよ」と私が言う。妻がうなずく。そう、我が家には今年の一月上旬にネットで注文したマスクが、まだたくさん余っていた。なぜそんなことになったかというと、理由は私の顔の大きさにある。物理的な意味で、私の顔は、頭は、人よりだいぶ大きい。なので、通常のマスクでは小さすぎて、耳が痛くなってしまう。昨年春から、軽く花粉症になりつつあった私は、立体縫製された特大サイズのマスクを買って、花粉がひどそうな日はそれを装着していた。しかし、市販品のはずのそれは、ドラッグストアなどで売っていないこともしばしばあり、案じた妻が、ネットで大量に注文しておいてくれたのである。「これだけあれば、毎日取り替えたとしても、春先は大丈夫でしょ」というぐらいの量を。ついでに妻は自分用の小さなマスクも一定量注文していたため、我が家には、あと一ヶ月分ぐらいのマスクの備蓄がある。図らずも新型コロナウイルス感染症の流行の前に買いだめをしてしまったわけで、マスクが手に入らないことを嘆く人などをニュースなどで見聞すると、どことなく申し訳ない気持ちにもなるが、いや、しかし、許してくれ、こっちにも身重の妻がいるんだ。

夜、ニュースを見る。本日の感染者数、東京はゼロ人。日本全体では三十四人増え、累計で八百十四人。どうせ日記をつけるのならば、感染者数ぐらいはメモしようか。後で振り返るときに、何かの役に立つかもしれない。出典は日本全体については厚生労働省の報道発表資料、東京については東京都の新型コロナウイルス感染症対策サイトにそれぞれ拠る。

本日の新型コロナウイルス感染者数　日本全体　３４人　累計８１４人
東京　０人　累計９０人

買い忘れたものがあり、ひとりで再び、駅前のスーパーへ向かう。途中、神社でお参りをする。

いつもありがとうございます。

妻が無事に赤ちゃんを産めますように。

お賽銭はいつも百十一円。願うことはいつも同じ。

ペコリ
マスクしながら足早に動くと呼吸がしんどい。

三月十七日　火曜日　晴れ

今日は妻が出勤しなければならない日なのだという。完全にテレワークとはいかないらしく、産休に入るまで、少なくとも今日を含めて、あと二日程度は出社する必要があるとのこと。是が非でも止めたかったが、やむを得ない。通勤電車のピークを避けるため、九時半過ぎに家を出る。

妻を会社まで見送り、それから丸善お茶の水店へ。本の香りを吸う。落ち着く。無論、それで辛抱できるわけもない。本を買いたい。本が欲しい。本がないと、文字を追って吹き出る私の汗が、干からびてしまう。

他のお客さんの邪魔をしないよう（近づかないよう）、ゆっくりと本棚を眺めて歩く。たまには新刊ではないものを読んでみようかとフラフラしていたら、『赤毛のアン』を発見。新潮文庫版の『赤毛のアン』はシリーズのすべてを持っていたが、結婚した後、実家に置いてきてしまった。来月から始まる大学での講義用に、少し読み返したい箇所があり、原書はデータで持っていたが、邦訳でも確認したく思い、書棚を漁る。松本侑子訳の文春文庫版があり、分厚く、注釈がおもしろそうなので、買ってみる。その後、喫茶店へ。店内はそこそこ混雑していた。会社の仕事に小一時間ほど精を出し、買ったばかりの『赤毛のアン』を読む。割注の具合がよい。訳者の気勢が読んで楽しい。文章の律動もまだ幼いアン・シャーリーの軽やかな振る舞いによく似合う。読み進めながら『アンの青春』も『アンの愛情』も書棚にはあったのだし、一緒に買えばよかったと後悔する。いや、買えばよいのだ、まだ書店は開いているぞと腰を上げたところで妻から連絡が。会社の用事が終わったとのこと。すぐに迎えに行く。早かったねと言えば、なんのことはない、二、三の仕事に関する進捗の確認と、いくつかの書類にハンコを押すだけの用だったらしい。バカらしい、そんなもの、在宅でどうとでもなるだろうと思ったが、「少しだけど、同僚と話ができて、スッキリしたわ」と妻が言う。なるほど、そういうこともあるかもしれない。まだテレワークを開始して一週間程度の妻だが、私が常に傍らにいながらの仕事は、それはそれで苦痛があるのかもしれない。逆の立場で考えてみれば、狭い部屋に作家がいて、そいつがうんうん唸って、難儀そうな顔をしながら考えていたりしたら、仕事はやりにくいと私だって感じるだろう。友人のような同僚との会話で、平日の気苦労が少し、ほぐれたのかもしれない。意味はあったと思うようにしよう。

夕食後、B社の連載の、下描きをする。たいした絵でもないので、しんどいことは何もないはずなのに、どうしてか右肩が少し痛む。いや、重たい感じがする。運動をしていないせいかもしれない。三月になってから、まだ一度もジムに行っていない。行きたいが、しかし、危ないだろうか。

本日の新型コロナウイルス感染者数　日本全体　１５人　累計８２９人
東京　１２人　累計１０２人

夜、妻が出し抜けに
次のようなことを言い出した。
言おうかどうか
迷っていたけど、
言うわ……。
あなた、ちょっと
太ったんじゃない？
え、オレが？
太った？
そうかなあ。
まあ
無論、自覚はあった。
週に二日は通っていたジムを、
三週間以上サボっているのだ。

外食とかしてないし、太るはずが――
そーっ
――ウソ！5kgも増えているよ！
ヤダー
やっぱり。
待って。
この服、重いんだ。だから、
脱いだら、減るさ、ポケットに携帯もあるし。
見苦しいわ。私みたいに体重管理、努力したら？
妻の言う通りだと思いはしたが、どうしてかダイエットをする気にはなれなかった。

三月十八日　水曜日　晴れ

　午前中にB社の連載のペン入れ。一時間程度と少しで終わり、それから換気。ずいぶんと暖かい空気が家に入ってくる。昼食後、妻と散歩。身体を動かしていると、暖かいのを通り越して、暑い気すらする。川沿いを隣町の公園のほうまで歩くつもりだったが、あんまり暑いので、それはそれで妊婦の体調によくなかろうと相談し、早めに切り上げて帰宅。

　夕方、足りなくなってきた野菜を買いに、スーパーまで自転車を走らせる。時間帯が悪かったのか、青物野菜があまりなかった。棚に少し残った商品から、ちょっとでも元気がよさそうなものを選ぶ。それから、妻のリクエストの、近隣ではこのスーパーでしか扱っていないオレンジジジュースのペットボトルを六本ほど買う。妊娠初期はりんごジュースが多かったが、最近はオレンジジュースばかりだ。体調が、変化しているのだろう。変化は、成長の証。きっと、今日も妻は、妊婦として育ったのに違いない。ということは、お腹の子どもだって育ったのだろう。そう信じて、自転車を漕ぐ。日中の暑さが、ようやく薄まってきて、三月らしい冷たい空気に包まれることができた。

本日の新型コロナウイルス感染者数　日本全体　４４人　累計８７３人
東京　９人　累計１１１人

三月十九日　木曜日　晴れのち雨

七時に起きて、燃えるゴミを捨て、それから卵をふたつ茹でる。妻が妊娠したとわかってからは、いつもたっぷり固茹でに仕上げる。殻を剥いて、煮玉子用のつゆにそっと浸す。身支度を整え、ひげもしっかり剃る。スーツも着る。ネクタイもする。久しぶりのまともな格好かもしれない。妻を起こして、家を出る。

S新聞から取材を受けるために、池袋へ。先月H社から出た私の新刊について、インタビューを受ける。記者のN氏は物腰丁寧だが熱のある方で、念入りに私の著作を読み込んでいてくださり、私自身も見落としていたような着眼点を教えてもらったような気になり、非常に勉強になった。最後、写真を二、三枚撮ってもらい、取材は一時間ほどで終了。

帰宅し、昼食をつくる。メニューは、茹でたほうれん草をのせたインスタントラーメン、煮玉子を添えて。簡単なものだが、おいしくできた。なんでか、ラーメンが食べたくなったのである。「煮玉子、おいしいわ、だいぶ固いけど」と妻が笑ってくれる。固茹でては仕方ないとは言え、もう少しつゆを染み込ませたほうがよかったと私は感じた。まあ、卵を摂取したがっていた妻が喜んでくれたのなら、それでよしとしよう。

短い散歩の後、夕食前までにB社の連載のデジタル処理をして、原稿をメールで送信。月刊連載でたかだか六ページとは言え、脱稿後の満足感は、ちゃんとある。コツコツと、小さな満足感を、慎重に溜めていこうと思った。

夕食後、ランニングに出かける。「久しぶりなんだし、いきなり無茶な走り方をしないでね」と妻に釘を差される。わかったとうなずいたが、重たい身体を弾ませるのが変におもしろく、つい小一時間ほど走ってしまう。途中、パラパラっと雨が降ってきて、急いで帰路に就いたが、汗と雨とでずぶ濡れになってしまった。だが、私はとても満足した。

本日の新型コロナウイルス感染者数　日本全体　４１人　累計９１４人
東京　７人　累計１１８人

三月二十日　金曜日　晴れ

Twitterで作家のI先生が、作家や編集者が集まる勉強会を開催しようと呼びかけているのを先週発見し、今日まで悩んで、申し込むことにする。I先生は、ライトノベルなどを主に執筆されている方だが、エンターテインメントにありがちなテンプレートに陥る事の決してない稀有な作家と私は目しており、以前から強く尊敬していた。おっかなびっくり申し込んでみたならば、先生も私のことを知ってくださっており、申し込みを歓迎しますとメールで仰ってくださった。嬉しいと同時に緊張する。私には、酒を飲んだりしながら表現論や作品論をぶつけ合う作家仲間というものが、あまりない。酒の場が苦手というのもあるし、徒党を組む機会も意欲もないまま三十代の大半を過ごしてしまったからだが、四十歳が見えてくると、少々寂しい気持ちもあり、いつまでも自分だけの視座で勉強していても単調になるだけ、たまには他の表現者たちと交わって切磋琢磨しなければいずれ私も虎になってしまうぞ、との思いがあるにはあった。なので、I先生の勉強会、とても楽しみである。

昼過ぎ、散歩がてら区役所近くの郵便局まで妻と歩く。かなりの距離の散歩である。「私も、もっと運動しないと」と妻。妊娠後期の過度の体重の増加は母体にとっても胎児にとってもよくないことらしく、「体重には気をつけないとダメなの、この時期は」と教えてくれた。妻のお腹はだいぶ大きくなっているように見えるが、妻自身が太っているようには、私の目からは見えない。「そんなに気にしなくても、大丈夫だと思うけど」と私が無責任に言えば、「男の人はそう考えるのかもしれないけど、妊婦の現実はもっとシビアなの」と妻に鋭く諭されてしまった。

郵便局で、A大学の文学部の専任講師応募の書類を出す。まあ、落ちるだろうが。

本日の新型コロナウイルス感染者数　日本全体　36人　累計950人
東京　11人　累計129人

今までに五十校以上、大学の専任教員の公募に挑戦したが、一度も受かったことがない。

どうせ落ちるとわかっていても、出さない限りは、受かることもない。

ということで準備。

ズシリ
なにとぞ。

先月出したやつは、ダメだった。

ちぇー

三月二十一日　土曜日　晴れ

昼過ぎ、義父から車を借りて、妻とドライブ。秋葉原の３３３１アーツ千代田で開かれているアートフェアから招待状をもらっており、大学院時代の友人Ｉがそこに出品しているというので見に行く。エントランスで体温を計測されてから、中へ。ロビーにギャラリストと一緒にいたＩと会う。Ｉは少し痩せていたが、概ね元気そうで安心する。会うのは、昨年の夏に麻布でやっていた、Ｉの個展以来である。そこで妻がＩの作品をいたく気に入り、私も学生の頃よりずっとよくなったＩの作品とＩ自身の変化が嬉しかったので、Ｉの作品を買ったのである。「わあ、奥さんお腹大きくなったねえ、立派！」とＩはまず妻に声をかけ、それから「忙しそうじゃないの、元気？」と私に聞くので、「元気だよ、そっちも忙しそうだね」と返す。四十歳前後のクリエイターは、忙しいことが無事の証明のようなもので、たとえ儲かっていなくとも、せっせと手を動かしつくり続けられていれば、それだけでもう十二分に立派なのである。藝大の同期を思い浮かべても、卒業後十年以上が経過して、なお作品を発表し続けている人間は、決して多くない。私の体感でしかないが、二割に満たない気がする。みんな、表現の道をどこかで降りる。私にしたところで、映像やインスタレーションをドカドカつくっていた二十代前半の頃の私を知っている人間からしたら、降りた側に見えるだろう。あいつはアートをやめたんだ、と。無論、他者の視線など気にしていたら生きていけない世界であるから、そう思われたところで痛痒は覚えない。大事なのは、今、手を動かしていられる状況にあるかどうか、である。経済的な事情や精神的な理由から表現と離れる人間を見るのは、寂しい。Ｉがそうなっていないことがこうしてわかっただけでも、私は、やっぱり嬉しいのである。

コロナを気にしてか、いくつかのギャラリーは出展を見合わせたようで、アートフェアの割に作品数は多くないように見えた。Ｉの作品だけじっくり鑑賞し、最後に「なかなか大変な時代になりそうだけど、お互いがんばろう」とＩに声をかけて、去る。

その後は、ドライブ。安全運転を心がけながら、のんびりと城北方面をウロウロ。雲ひとつない青空。道すがらちらほら見える桜の木は、どれも七分咲き、八分咲きという程度だったが、妻は喜んでいた。「今年は、なんだか去年よりたくさん桜が見られる気がする」と妻が言う。そうかもしれない。時間は、あるのだ。ないような気がしているだけで、ないと思ってしまうような生き方をしているだけで、本当は、ちゃんと、そこにある。

本日の新型コロナウイルス感染者数　日本全体　４６人　累計９９６人
東京　７人　累計１３６人

緊急事態宣言が出されたら、展覧会もダメになるんだろうね。
展覧会は服よ。服が破れたって、肉体は輝ける……冷えるでしょうけど。

三月二十二日　日曜日　晴れのち曇り

久しぶりに長く寝た。妻もそうだったようで「こんなに長く眠れたのは、いつ以来かしら」とか言いながら起きてきた。トーストにウインナー、トマトとつくりおきの小松菜の煮浸しというメニューを妻が用意してくれる。私のトーストには私の大好きな半熟の目玉焼きを乗せてくれた。妻の目玉焼きは固く、よく焼かれたものである。「たまには卵かけご飯とか、食べたくなるけど、我慢ね」と妻。胎児のために、特に食に関して、ひたすら我慢を重ねる妻の強さに対して、私は弱い。なかなか我慢ができない。昨夜も、寝酒に頼ってしまった。

昼食を兼ねた遅い朝食の後、散歩へ。駅前の川沿いを歩く。妻は、もうかなり歩くのに難儀しており、ふたり並んで、ゆっくりゆっくり慎重に川沿いの桜並木を進む。桜見物の人で混んでいたら嫌だなと思ったが、そんなことはなかった。酒盛りなどをしている人もいなかった。花見といっても、みんな移動しながら、お互い距離をとりながら、そっと味わって、スッスとその場を離れるという具合。妻と私もそれに倣い、ゆったり歩みを進めつつ、ときおり枝ぶりを味わって、また歩いて、を繰り返す。満開と呼べそうな桜たちは、やはりきれいだった。去年よりも美しく感じる。いや、こんなにきれいな桜は、今までに経験したことがないようにすら思える。「どうしてか、とてもきれいに見えるんだ」と私がこぼせば、妻は「焦っていないからじゃないかしら。桜を見なきゃって思わず、ただそこにある桜を見ているから、違って見えるんじゃない？」と言う。なるほどと思う。今までは、桜を見ようとして見ていた。仕事終わりに同僚と酒を飲みながら「よし、花見としゃれこもう」などと職場近くの公園でクダを巻いたり、妻と一緒に見るにしてもどこそこの公園の桜がきれいらしいからと急き立てて予定を組んで遠出をしたり、とにかく、落ち着きがなかった気もする。花見をすることそのものに気を取られて、やれ桜の散ってしまうのばかりを気に病んで、心穏やかに、すぐ近くにあるはずの何気ない桜の木に、静かに目を向けることをしてこなかったのかもしれない。

川沿いの桜並木を抜けて、遠回りして、普段は通らない住宅街を散歩しながら帰ることにする。古い団地の植え込みに、年数を感じさせる桜の巨木があった。一本、堂々とある。川沿いの桜より、まだ咲きぶりがおとなしかったが、非常に美しかった。決して花見のために整備されているとは言い難い区画、幹の背後には駐輪場やゴミ捨て場などがあり、そうした生活に根ざしている雰囲気が、かえってこの桜に厳然とある風情をもたらしたのかもしれない。他に誰もいなかったので、妻とふたり、しばらくこの桜を味わう。元気が、出た。妻も体調がよくなったのか、晩ごはんをいつもよりたくさん食べてくれた。

本日の新型コロナウイルス感染者数　日本全体　５０人　累計１０４６人
東京　３人　累計１３９人

なんだろう、飾ってない姿勢がきれいに見える。
静かに、きれいね。

三月二十三日　月曜日　雨

午前中で会社の仕事を終わらせ、昼食後、近所を妻と散歩。私が「リモートワークは悪くない。好きなときに君と散歩ができる」と言えば、「お仕事、ちゃんとしているの？　大丈夫なの？」と心配そうに妻が言う。あんまり働いていないように見えるのかもしれない。実際、働きがよいとは言えないだろうから、妻の懸念はよくわかる。私も、子どもが生まれてくるのに会社を馘首されてしまっては大変だ。クビにならない程度には、キリキリ働かねばならない。

夜、ネットニュースでオリンピック延期検討の報を知る。オリンピック、私はやってほしいと思っている。税金の無駄遣い等の指摘もあるそうだが、税金なんて、いくらでも無駄遣いすればよい。オリンピックを中止にしたところで、私の払った税金が私の懐に戻ってくるわけはない。普段興味もないようなスポーツの光景に、ヤンヤと騒ぎあうような真似、バカバカしいとも思うが、いや、お祭りは、所詮、バカバカしいものである。生産性なんてないし、お金も体力も消耗するだけだし、疲れるばかりかもしれないが、一瞬の情熱に身を委ね、浮かれ騒ぐことの、社会行動の健全に、私は今、憧れる。コロナ禍にあることも影響しているとは思うが、お祭りへの欲求を持つのは私ばかりではあるまい、そのうち社会全体で高まるだろう。新型コロナウイルスの騒動が落ち着くことが前提となるが、今年中止でも、延期して、来年の、少し涼しい時期にやったらよいのではないか。お祭りを忘れた、合理性一本槍の社会は息苦しく感じるし、妻や子どもをそんな社会に住まわせたいとは思わないし、日本人が無駄を省いた合理主義社会で生きられるわけもないと考えるし、そもそも、そんなことをしたら日本の魅力の大半が損なわれると信じている。無駄な馬鹿騒ぎが必要なのだ、私と私を含む社会には。

まあ、コロナ禍そのものが徒労のお祭りだとする指摘があれば、私は特に反論はしないだろうけれど。

本日の新型コロナウイルス感染者数　日本全体　４３人　累計１０８９人
東京　１６人　累計１５５人

三月二十四日　火曜日　晴れ

妊婦を優先してリモートワークに、という妻の会社の方針に従って家で仕事をするようになった妻は、毎日真面目に朝早く起きて、貸与された小さなタブレットモニターをにらみながら、せっせと仕事をしている。妻は、真面目だ。サボろうとか、手を抜こうとか、そうしたことを妻が口にするのを聞いたことが私はない。気疲れしないかと案じたが、「満員電車に乗らなくてよいし、その分は多めに寝ていられるし、幸せよ」と言う。まったく、立派である。

妻ががんばっているのに私だけ惰眠を貪るわけにもいかず、一緒の時間に目覚め、ゴミ出しをして、妻に朝食を用意してもらい、食べ、机をならべて、ふたりで仕事に勤しむ。年度末が近づき、私のサラリーマンとしての仕事がいよいよ佳境に入ってきた。しんどいけれど、ヒリヒリする、やりがいのある頃合いであり、編集者だからかもわからないが、納期や締切の近づく瞬間が、私は大好きなのである。

もっとも、会社の仕事は、頼れる同僚諸賢のおかげで、どれほど大わらわであろうとも、そこまで神経を磨り減らされることがない。何かあれば頼ればよいし、可能であれば私もフォローにまわるし、まあ、現状は尻拭いをしてもらってばかりいるが、サラリーマンとしての私の信条は出世しないことであるので、それでよい。

問題は、私個人の力でしかどうにもならない仕事。私にとっては作家業がそれにあたるが、こちらはそもそもが嫌いな仕事ではないため、どれほど苦しくとも楽しさが勝つゆえに乗り越えられる。ところが、大学の非常勤講師、こちらは楽しさもすさまじいが、苦しさも相応にある。勤務先のS女子大、去年と同様、四月から教壇に立たねばならないが、先月来の私の心配事は「ちゃんと、大学はスタートできるのか」だった。二月二十七日に政府から全国の小中学校、高校、特別支援学校に臨時休校が要請されるも、先週になって休校要請解除の方針が示された。しかし「長い春休み」で教育現場への新型コロナウイルス感染拡大の影響が消えたとも思えない。緊急事態宣言がいよいよ出されたとすれば、学校だけ通常営業とはいくまい。当然、大学だって大手を奮っていつも通りにはできないはずだ……と思っていたら、大学から連絡が来た。授業開始を一週間送らせて四月十七日からとし、なおかつその後三週間はオンライン授業の可能性があるとのこと。まいった。オンライン授業となると準備するべきことが増える。若い学生に知を届ける興奮は何物にも代えがたいが、さて、私の情熱は空間を飛び壁を越えられるか。

本日の新型コロナウイルス感染者数　日本全体　３９人　累計１１２８人
東京　１８人　累計１７３人

三月二十五日　水曜日　晴れ

午前中、仕事の合間に掃除をしていたら、G社から封筒が届く。開けてみたら読者からの手紙。昨年十二月にG社から出た本への熱い感想が記されていた。返事をしようと思ったが、謙虚な方なのだろう、お名前はあったが、連絡先を書かれておらず、返信不要という意に解釈して、感謝だけ捧げて大事にしまっておく。

言葉を発して口に糊する身からすると、言葉を贈っていただけるのが、一番励みになると感じる。以前はTwitterなども頻繁に眺めるようにして、せっせと自分の著作への言葉を探すようにしていたが、最近は、あまりしていない。ああした不特定多数の言葉が踊る空間を眺めてしまうと、このコロナ禍にあっては政府や社会への不平不満と文句ばかりとが目に飛び込んできて、どうにも気分が萎える。ネット空間の言論は、まあ、言いたいことを自由に言えばよいとは思うが、その言葉で、社会が変えられるとは思ってほしくない。変わらないし、いや、変わるわけがないし、それ以上に、変えさせないという想いがひとりの作家として強くある。ここそ隠れず実名を明示し、ネット空間上の多数派に流されることなく堂々と自身の意見を表明してこその、言葉ではないか。それだけの覚悟と熱意を持つからこそ、言葉を生み出す作業に人生を賭す意味があるのではないか——というようなことを、ファンレターをしげしげ眺めながら、感じた。偽りのない言葉は、よい。元気になる。

夜、妻が「魚も、たまには食べたほうが、赤ちゃんにいいかしら」と言うので、スーパーでサバを買ってきて、塩焼きにする。それから、ジャコと水菜のサラダ、味噌汁をつくり、昨夜妻がつくってくれた肉じゃがのあまりを添え、特売だった豆腐をつけて、わりと和風な食卓……を妻と囲みながら、テレビを見れば、都知事の緊急会見の様子を伝える映像が流れていた。現在東京都は「感染拡大の重大局面」にあるらしく、今週末の不要不急の外出を控えてほしいとのこと。「いよいよかしらね」と妻。「そうかもしれない」と私。いや、同意を示している場合ではない。「どうなるか」を予測して時間を潰している段階は終わったのだろう。真剣に「どうするか」を計算して、動かねばならない。

本日の新型コロナウイルス感染者数　日本全体　６５人　累計１１９３人
東京　４１人　累計２１４人

三月二十六日　木曜日　晴れ

昼食時、妻がつくってくれたピラフを食べながら、「東京が都市封鎖されたら、どうするか」という話をする。流通は維持されるという噂だから、食糧危機には陥らないだろうと楽観視する私に、「食べ物については私もそこまで危機感は抱かないけど、マスクみたいに流通量が減るものも出てくるかもしれないわ」と妻。妻が案じているのは、都市封鎖やそれに類する社会的対応によって、流通に滞りが出て、赤ちゃんのためのアイテムが品薄になる可能性だった。「あなたや私は我慢ができても、生まれたばかりの赤ん坊はそうはいかないでしょう」と言われれば、なるほどとうなずくしかない。予定日は六月二十日で、その頃には新型コロナウイルスはさらに感染拡大して、日本中、右を向いても左を向いても感染者ということになってしまうのだろうか。それともそろそろ出されるらしい緊急事態宣言がうまく奏功して、コロナ禍の脅威も収まっているのだろうか。当然、後者に期待したいし、そのために個人としてできることをやるつもりだけれども、社会が私の望む通りに変わる保証はどこにもない。期待も楽観も危険で、妻の予感は的中するかもしれない。

となると、まず私は妻と子のために何をすべきか？

愚鈍な夫に比してずっとずっと明敏な妻は、昼食後、下膳をすると、私を促した。「散歩に行きましょう。いろいろと怖いけれど、まずはしっかりと産めるように、私が体力をつけないと。全部はそれからよ」と妻。なんだよ、かっこいいじゃねえか。

本日の新型コロナウイルス感染者数　日本全体　９９人　累計１２９２人
東京　４６人　累計２６０人

三月二十七日　金曜日　曇り

昨日の夜のニュースで、東京都に隣接する神奈川、千葉、埼玉、山梨の各県も県民に対して週末の外出を自粛するよう呼びかけたことを知る。日中、会社の仕事とB社の連載の原稿を仕上げ、陽も暮れた頃、妻と駅前に向かう。クリーニングをとってきたついでに、近所のスーパーを覗いてみると、生鮮食品コーナーの、棚という棚から食材が消えていた。野菜も魚も肉もあらかたなくなっていて、ジンギスカン用のラム肉のパックと、カニカマが数個しかなかった。パスタや袋麺、カップ麺などもほとんどない。妻と私は、驚きながら、店を後にする。

散歩をしようと、川沿いに夜桜を眺めながらゆっくり歩く。「すごかったなあ、スーパーの様子」と私が他人事のように言えば、妻も「すごかったわ、みんな大急ぎで買い占めようとしたのね」と落ち着いたふうに言い、「このあたりの人は、みんな敏いでしょうから、あんなふうにスーパーがなっているってことは、きっとまもなく緊急事態宣言が出るってことなのね」と結ぶ。私は妻の予測を信頼しているから、そうなのだろうなと思った。その上で、妻が特に慌てていないということは、妻から私への「慌てるな、動揺するな」というメッセージなのだろうと考えた。「どうなるか」を妻は思考し、「どうするか」を私が判断する。夫婦の役割分担が、少ないコミュニケーションを経ながら決定されていく様子を受けて、私には妙に嬉しく感じられ、また不謹慎かもしれないが、心躍る気持ちにもなった。

夜の空気を額と頬とに感じながら、川縁から川面へと細い枝を伸ばす桜をじっと見る。「桜が、きれいだ」と私が益体もないことをつぶやけば、妻が「強くならないとね、私たち」と言う。いや、十二分に力強い、宣言だ。

今夜の散歩で、私は妻から勇気をもらった。

だからというわけでもないが、私も誰かに、他者に勇気を届けたい……などと考えてしまい、寝る前に漫画を描いた。私は普段、仕事以外で漫画を描くことをしない。ラクガキもしない。プロとしてのプライドがどうこうといった気取った話ではなく、ひどく単純に、時間がないからである。こんな絵だからすぐ描けるものの、下手なりに気力と体力は使う。兼業作家としては日常生活のために、無尽蔵ではないそれらを保存しておく必要がある……と平素は思うものの、たまにはよいかもしれない。こんな絵なりに、伝えられるものがあるかもしれない。

本日の新型コロナウイルス感染者数　日本全体　９５人　累計１３８７人
東京　４０人　累計３００人

そろそろ本格的に、大変なことになりそうだな。出版業界は大丈夫かな。
出版社もリモートワークになったらどうなるんだろう。
ウーム
刊行点数は減るのかな？電子書籍は逆に売れそうな気もするが……。
何にせよみんな健康であってほしいものだ。
ウーン
よーし、ひとつステイホームを呼びかける漫画でも描くか。

さて、仕事でもするか……ゴホゴホ
ゲッホ
ゴッホ
うわ、めっさ咳をしてからに。大丈夫か？無理するなよ？
でも、明後日校了予定なので。
がんばら、ケホッ。
ゴッホ
でもこのご時世だぞ、休めよ……。あとマスクして。
まあオレは平気だけど。
そうだぞ、休め。
あ、編集長。

お前なあ……。編集者が何のために存在しているか、わかってんのか？
またこのヤリトリか。
わかってますよ。読者と著者をつなぐ役目、それが編集者だって言うんでしょ？
そうだ。ならわかるよな？……この状況下で、編集者が何を守るべきか。
守る？文化とかですか？
？

違う。自分の身体だ。
今、絶対に守らなきゃならんのは、読者でも著者でも本でも刊行スケジュールでもない。
編集者自身の身体だ。編集者が健康でいることだ。それを守るために全力を尽くせ。
ここでオレたちが倒れたら、愈々《いよいよ》、出版は滅びるぞ？そうしたら誰が、著者や読者をつなぐんだ？

わかったら帰って寝ろ。
スゥー
あんまりひどけりゃ病院に行け。校了なんざ延期でいい。
でも編集長。お言葉ですが、刊行しないと、経常《けいつね》が厳しくなります。度末ですし、少しでも数字をよくしないと。
嘘でもいいから数字を動かしておかないと、それこそ出版社が……私たちが倒れます。
バーカ。とうの昔に倒れかかってるんだよ、オレたちは……それとな、本が予定通り出なくても、著者、翻訳者、校閲さん、デザイナーさんには、
くる
ちゃんとギャラを払っておけよ。オレたちより先に彼らを倒れさせることだけはするな。いいな。

ネットにアップした私の漫画は、
特に誰からも注目されなかった。
働きすぎず休もうぜと
呼びかけてみたが……
ガラじゃなかったな。
それにしても、
久しぶりにSNS
界隈を眺めて
みたが……。
なんだか
殺伐としている。
みんな心が荒んで
いるのかしら。
明日は我が身かな。
とりあえず、
心を守るために
もう寝よう。
ファー

三月二十八日　土曜日　曇り

妻も私も十一時近くに起床。昼食に妻が温かいうどんをつくってくれる。食後、家事を一通りふたりで終わらせて、それから私ひとり、コンビニまでスナック菓子など買い出しにでかける。お互いリモートワークを開始した頃に妻が提案した「いつか、家に閉じこもって映画を鑑賞する日をつくりたいわ」を実現する日が、今日となったからである。選んだタイトルは『シャイニング』。胎教に悪いような気もしたが、妻がこれがよいという。私もキューブリックは大好きなので、同意した。

久しぶりに見た『シャイニング』は、やはりおもしろかった。キューブリックの映画は、フィルム一コマ分も、無駄がない。私の描く漫画の参考にしたいと思う。鑑賞を終えてから、妻が「あんなふうに、奥さんや子どもを蔑ろにする作家にならないでね。刃物を振り回さないのは当然として」と笑う。私は「雪山に籠れば一作書けるなんて幻想だ。それに、君や子どもを不幸にしてまでつくる作品に意味はないよ」と気の利かない返しをした。実際、無事に赤ちゃんが誕生したら、産後の妻を労い、赤ちゃんを可愛がるのに忙しくなり、自分の仕事なんて放ったらかしにするだろう、きっと私は。

本日の新型コロナウイルス感染者数　日本全体　１１２人　累計１４９９人
東京　６４人　累計３６４人

ふー、おもしろかった。
うん、そうね。
どう？気分転換にはなったかな？
ええ、いい、あなたの心の運動にね。
？
あなたに気分転換してほしかったの。張り詰めすぎよ、ここ最近。

三月二十九日　日曜日　雪

朝から雪。前夜の天気予報では都心部でも一センチメートルほどの積雪があるということだが、都内とあっても都心から離れた私の家の近所では、割としっかり積もっていた。昨日買った花を、窓辺に置いてみる。つまらない景色のはずが、雪化粧された住宅街を背景に、赤い花がサッと色を置く雰囲気が、清涼感のある華やかさを我が家のリビングにもたらしてくれた。「ひょっとして、今日、雪が降るってわかっていたから、赤い花にしたの？」と私が聞けば、妻は少し微笑んで「そうよ」。本当かしら。

午後、妻の実家へ。妻の姉夫婦も来ていた。私は、退屈そうにしていた四歳の姪っ子を連れて、マンション内の中庭へ遊びにいく。既に先駆者があらかたヴァージン・スノーを平らげてしまっており、こぢんまりとした雪だるまや、膝、いや脛ぐらいまでの高さしかないかまくらなどがあった。姪は楽しそうに、小さな庭をくるくると動き回っていた。子どもは元気だ。

夜、なんだかんだとコツコツ続けていたS社の書下ろし単行本の原稿が終わる。後は組版をして、ＤＴＰ作業を済ませて、だいたい完成となる予定。一応、脱稿した旨をS社に伝える。残る作業であるカバー周りのデザインも進めてよいかを訊くと、どうぞと言われる。疲れた。

本日の新型コロナウイルス感染者数　日本全体　１９４人　累計１６９３人
東京　７２人　累計４３６人

三月三十日　月曜日　曇り

会社の仕事と自分の仕事をひたすら進める。リモートワークは電車移動に時間を持っていかれないところが美点ではあるものの、一方で私のような兼業作家にとっては、公私の区分がつけにくいなと今更気づく。会社にいるときは会社の仕事、家に帰宅したら自分の仕事、というようなスイッチングができない。作業時間中も似たような感じで、会社の同僚たちと進捗を確認しあうメッセージが飛び交い、モニターの一区画が殺伐とした空気を帯びはじめる傍らで、隙間のように生まれた時間を使って自分の仕事を進めようとしても、うまくいかない。兼業作家としての自負はあるつもりだったが、それは会社という物理的な構造に依拠するところが大きかったのだと知る。

ただまあ、現状がどうにもならない以上、文句を言っても詮無きこと。できることをしていこうと思い、目の前に湧き上がった作業から片付けていこうとした矢先、「あなたが、ここ数年、たくさん仕事ができているのは、焦っていないからだと思うわ」と妻が自分の仕事をしながら、私にそう語りかけてくる。諭されているのだと理解し、無言でうなずく。妻と結婚する前の私は、焦っていた。焦ろうとしていた、が正しいかもしれない。作家としての自分を自分に対して誇りたくて、締切に追われる自分になろうと願って、つまり、焦りを得ようとして焦っていた。羽もないのに羽撃《はばた》こうとあくせくするばかりで、結局何もできやしなかった。でも、妻と結婚して、私は落ち着いた。焦っても仕方がないと割り切った。するとかえって仕事は増えた。増えたが、焦りを求める気持ちがそもそもないので、時間内で対処できるような手の動かし方に切り替えた。増えていく締切にも心が揺れ動かなくなり、淡々とこなしていけるようになった。そうして、今の私がある。

初心に還ろう。そう思ったら、いつの間にか会社の仕事も終わり、原稿仕事も一段落した。「夜は、カレーにしようか。オレがつくるよ」と妻に告げる。感謝を捧げたいと思ったのだろう。スパイスからつくる、少し手間のかかるカレーづくりが私は大好きで、ろくすっぽ知識もないくせに無駄にたくさんのスパイスを集めていた。今夜はそいつらを総動員して、インチキスパイスカレーを拵えた。妻は「おいしい」と喜んでくれた。ありがとう、ありがとう。

本日の新型コロナウイルス感染者数　日本全体　１７３人　累計１８６６人
東京　１２人　累計４４８人

三月三十一日　火曜日　曇りときどき雨

昼、恵比寿に到着。F社時代の同僚のY氏が転職するというので、Y氏と私のふたりだけで、送別会。恵比寿の飲食店もちらほら店を閉じている。昼飯時というのに、閑散としている。裏路地の小さな店に入れば、お客は誰もおらず、Y氏と私は小さな祝宴を開始した。

Y氏は博覧強記の編集者で、ことに人文学関連の知識量が豊富で、なおかつ書籍そのものに対する造詣も深い、非常に優秀な人物である。私にサウナのいろはを教えてくれた人でもある。私よりいくらか若いが、書籍編集者としての経験は私の倍はおそらくあり、机を並べた期間は短いものではあったが、私は常々Y氏を見習って働いていた。転職先は、私が編集者としても読者としても大好きな本ばかり出している名門出版社であり、Y氏の才腕を振るうにはまさにうってつけの職場だと祝《ことほ》いだ。二時間ほど飲み食いして、ごちそうし、お互いの健闘を祈願して、別れる。会社に戻り、書類や機材をまとめて持ち帰る。

いよいよ、本物の戦いの時である。今日を最後に、私は出社をしないと決めた。東京の片隅に引きこもり、妊娠中の妻を守り抜くための、無事に生まれるその日を迎えるための闘争を、開始する。

敵は、誰でもない。政府でもないし、自粛できない人々でもないし、世間や社会でもない。敵は、私である。味方も、私である。敵の私が私の心を挫き、折ろうとするだろう。味方の私が私の心を守り、たくましくしようとするだろう。繰り返されるその相克をいかに乗り切るかの戦いである。

本日の新型コロナウイルス感染者数　日本全体　８７人　累計１９５３人
東京　７８人　累計５２６人

四月の日記

四月一日　水曜日　雨

会社の仕事、一番稼働していた大きなプロジェクトが完了する。納品した内容についてクライアントからオーケーが出て、これで一段落。別件のプロジェクトは明日が納期だが、こちらはほとんど編集者としての私の仕事は済んでいるため、慌てる必要はない。同僚氏たちとオンラインで反省点の確認をしていたら、打ち上げについての話題になり、私は「やりたいですけど、まあ、このご時世だから、厳しいでしょうね」などと答え、言外に不参加を表明した。

仕事の仲間と飲む酒が、私はあまり得意ではない。不必要な発言をしてしまう可能性を案じるのが主な理由だが、他人の話を聴くのが苦手という心情も原因にはある。妻とも飲まない。もちろん、妻は妊娠中であるからアルコールは厳禁。私だけ晩酌をする気持ちにはなれない。などと書いているくせに、寝酒が欲しくなった。夜も深まり、妻も寝た。もう少し仕事をしたいとき、仕事で熱くなった自分の血潮を冷ましたいとき、私は酒に頼る。飲まないと寝られないからだ。寝酒は、酒ではない。楽しくないし、おいしくもない。しかし、飲まないと私の目は炯々と光り続け、さしてよくもない私の頭の回転をさらに悪いほうへと淀ませる。その苦悶の時間を断ち切るための薬が、酒である。

妻を起こさぬようそっと家を出ると、雨があがっていた。夜空を見上げながら、コンビニへ向かう。五〇〇円でお釣りがくる、安価なウイスキーを買う。マスクをした店員さんは、未成年ではないことを示すボタンを押すように促しながら、マスクをしていない私をちらと見た。近所だったから、マスクをせずに出てきてしまった。油断した。妻が大事と言いながら、この有り様。反省しよう。

本日の新型コロナウイルス感染者数　日本全体　２２５人　累計２１７８人
東京　６７人　累計５９３人

四月二日　木曜日　晴れ

朝、ゴミを出して、午前中に掃除をしてクリーニングを出しにでかけ、帰りしな神社にお参りして、昼ごはんはパッとつくったカルボナーラ、午後、近所を散歩して、それから妻は仕事をし、私はひたすら本を読んだ。夕飯は、妻がつくってくれたハンバーグ。コーンがたくさん入っている、不思議な歯触りのもので、大変美味。夜、作家のＩ先生からメールをいただく。先月私が参加を表明した、明後日土曜日に予定されていた勉強会が、中止になった由。残念だが、仕方がない。勉強の原義は無理をする意ではあるものの、今は無理をすべき時期ではない。つまり、勉強するべき時間ではないのだ。そう言い聞かせて、諦め、今日も寝酒に頼る。

本日の新型コロナウイルス感染者数　日本全体　２０３人　累計２３８１人
東京　９８人　累計６９１人

よし、もう
寝ないとね。
キュポ
寝酒は身体によくないと
思いつつ、どうしても
やめられない。
んぐ
飲まないと眠ることが
できないんだと、
頑固に思い込んでいるから
かもしれない。
うー、
気持ち悪い。
寝よう、
寝よう。
フラァ

四月三日　金曜日　晴れ

天気もよく、暖かいので、遠くまで散歩をしてみようということになり、昼前、隣の駅まで妻とふたりでゆっくり歩く。いや、暖かいのを通り越して、汗ばむほどの陽気だった。途中、妻がコートを脱ぐ。

コロナ禍の前に、何度か訪れていた小洒落た定食屋の前を通ると、テイクアウトをやっている旨が店前の黒板に大書されており、「たまには、こういうお昼にしましょうか」と妻が言うので、妻は「ロコモコ弁当」を、私は「本日の定食弁当」を、それぞれ頼んでみる。二十分少々でできるとのことなので、その間に定食屋の並びにあるコーヒー屋へ。豆を買って、挽いてもらう。焙煎の香りがよい。妻はコーヒーを飲まないが、私は毎日のように飲む。それこそ、普段のサラリーマン生活では、しょっちゅう会社を抜け出しては、喫茶店にこもって仕事をするような真似ばかりしていた。ブラジルを二百グラムとブレンドを二百グラム、そこそこの金額となったが、「一杯七百円とか払って、喫茶店でコーヒーを飲むことを考えたら、全然リーズナブルよ」と妻。ごもっともである。コロナ禍にあって、出費が減っているなと最近感じていたが、ひょっとすると、いや、ひょっとしなくても、喫茶店代という支出がなくなったからだろう。

焙煎された豆を受け取って定食屋に戻ると、弁当ができていた。抱えながら、帰路につく。途中、妻が「今日は私も神社に行きたい」と言うので、神社に寄る。境内のすみに桜の老木が一本聳えており、老齢らしく、派手すぎず、品よく、曲がった枝のところどころにそっと桜の花を咲かせていて、美しかった。ふたりでお参りして、帰宅。「隣の駅まで歩いて往復すると、だいたい一万歩になるみたい」と、スマホで歩数計測をしていたらしい妻が教えてくれた。「これくらいの運動で、お産がよくなるのかしら?」と妻が言う。「何もしていないより、全然マシだと思うよ」と私が応じる。日中の運動の効果があったのか、妻の就寝はいつもよりいくらか早かった。

本日の新型コロナウイルス感染者数　日本全体　２３６人　累計２６１７人
東京　９２人　累計７８３人

四月四日　土曜日　晴れ

毎週土曜日は資源ごみの日なので、溜まったダンボール箱や古雑誌などを捨てることにする。古雑誌、最近は書店に足を運べてないので、あまり溜まっていない。が、リビングの一画には、昨年十月以来、毎月買っている『たまごクラブ』のバックナンバーが積み重ねられており、捨てるべきかどうかを妻と協議する。

よく出来たもので、後で読み返したいと思うような特集や赤ちゃんグッズのガイド、新米パパ向けの参考資料などは別冊であったり、分離しやすいよう別丁になっていたりする。私は「PAPA デビュー BOOK」と題された小冊子を筆頭に、教科書となりそうなものをピックアップした。結局、数冊だけ捨てることにして、後は保管。無事に子どもが生まれてくるときまで、何度も読み返そう。おそらく、何度読み返したところで、圧倒的な現実の前には、書籍の知識など用をなさない事態が、多々あるのだろうと思う。思うが、それでも、読むことはやめられない。

本は、何かの役に立つこともあるし、そのために紐解かれる書籍や雑誌がこの世にはたくさんあることは、ひとりの編集者として重々承知しているつもりだが、何かの役に立つためだけに、本はあるのではない、とも信じている。ただ、「読むためだけに存在する文字」たちがいたって、おもしろいじゃないか。年齢も、姿形も、働き方も、年収も、何もかも私とは異なる見知らぬパパたちの奮闘を読み、私は未来への想像を膨らませる。想像という行為に、力を与えてくれるもの、それが私にとっての本である。まだ見ぬ未来の、妻と私の子どものために、想像力を鍛えよう。少し低くなった雑誌の山を眺めて、そう決心する。

本日の新型コロナウイルス感染者数　日本全体　３１８人　累計２９３５人
東京　１１８人　累計９０１人

四月五日　日曜日　曇り

午後、妻と散歩。途中、「花を買いましょう」と妻が言うので、黄色い花を買う。なんだか、じっとしていないといけない空気になりそうである。みだりに出歩くことが許されない時代になりそうである。だから、妻も、せめて小さな自然を、生きた景色を、手許に置いておきたいと思ったのかもしれない。

不意に、先月、高校時代に足繁く通った中華料理屋が全焼したニュースを思い出した。卒業後も近くを通りかかったときは利用していた店だった。おばちゃんはいつでも私を覚えていてくれた。今年の一月にも私は仕事の合間に顔を出し、おばちゃんから「大将、柔道部のみんなとまた飲みに来なさいよ」と声をかけてもらっていた。もう、あの店のスタミナカレーは食べられない。おばちゃんにも会えない。花束のひとつでも捧げに行きたい、行かねばならないと強く思った。

買ってきた花を、妻がガラスの瓶に生ける。小さな花たちではあるけれど、狭いリビングがしっかりと明るくなる。夕食後、妻が花を見ながら言う。「そろそろ、子どもの名前を、考えないと」。そう言えばそうだ。「明るい名前にしたいね」と私は返事をした。

本日の新型コロナウイルス感染者数　日本全体　３３６人　累計３２７１人
東京　１４１人　累計１０４２人

私の名前は、画数を調べて決めたらしいわ。

漢字の画数か。考えたこともなかったよ。

あなたの名前、調べてあげる。

えーと、えーと。

わ、すごい。凶！ 姓名学では使っちゃダメな画数らしいわ。あ、でも芸術分野で成功するかも……だって。

へえ、当たって……ないな。

四月六日　月曜日　晴れ

千切れた綿のような雲が、ポツポツと空に浮かんでいる様が、好き。雲ひとつない青空みたいなようなものも悪くはないが、チラホラと小さな白が散っている青に、心惹かれる。洗濯と昼食を早めに済ませ、妻と散歩をしながら、そんなふうに思った。心が落ち着く。どれほど社会が緊迫しようとも、こうして、ひとつひとつ、日常の中に安寧を抱く瞬間をつくることができれば、忍耐が可能となる気がする。

などと思っていたら、午後三時からのS社とのテレカンで、すべてぶち壊し。達観の域には、私はまだまだ遠いようである。久々に怒りが湧いた。

ダメだ、怒りで筆が震えて、もう書けない。

本日の新型コロナウイルス感染者数　日本全体　３８３人　累計３６５４人
東京　８５人　累計１１２７人

四月七日　火曜日　曇り

妻も私もテレビをあまり見ない。朝食時や夕食後にニュースを視聴したり、たまに大相撲や野球中継などを観戦するぐらい。先月以来、日中、家でふたり一緒にいる時間が増えたが、テレビの賑やかしに頼るようなことはしなかった。

だが、先週以来、意図して夕方ぐらいからはテレビをつけるようにしていた。ニュースを聴くためである。東京の感染者数が増えている。過度に恐れるつもりはないが、最新の情報ぐらいは入手しておきたい。社会に流されたくはないが、社会に放置されるのも、身重の妻が傍らにいる以上、許されない。

――午後六時、緊急事態宣言が発令された。テレビの前に妻と並んで座る。首相がしゃべっている。対象となる地域は東京都と埼玉、千葉、神奈川の三県、それから大阪府と兵庫県、福岡県とのこと。「他人との接触機会を極力八割ぐらい削減しろ、か」と私が言うと、妻が「私たちは、もうこれ以上減らせないでしょ、しっかり家にいるもの」と真面目な表情のまま語り、小さくうなずいた。

どうやら、緊急事態宣言が出されたが、妻と私は今まで通りでよいのかもしれない。妊婦健診や、食料の買い出しや、妻の体調管理のための散歩などのとき以外は、極力外出を避け、家に帰ったら手洗いうがいをしっかりやる。夜ふかしをせず、規則正しく寝起きして、やるべき仕事をコツコツやり、焦らず、生きる。会見中の安倍首相の言葉、だいたいは聞き流してしまったが、ひとつ、耳に残ったものがあった。それは「今、私たちが最も恐れるべきは、恐怖それ自体です」というもの。

恐怖？　現時点で私が恐れる対象は、たったひとつしかない。妻が、健康ではなくなる未来である。妻の身に何かあったらどうしようか、と考えるだけで、空嘔《からえずき》が止まらなくなる。一月までは心配でそわそわ背中あたりが痒くなる程度だったが、今はだいぶひどい。妻の体調が悪くなるなどして、お腹の子どもに悪い影響があったり、妻自身が弱ったりなどしてしまったら……と思うだけで目眩がする。こうして紙の上に文字として不吉な予測を可視化させるだけでも不安になり、怒りとも違う、抑えの利かない感情の渦が昂ぶって昂ぶって仕方がない。だったら書かなければよさそうなものだが、言語化しなければしないで、不安の獣がくすぶり、私の胸の奥底に粘ついた苦い塊を積み上げようとする。そんな地味で、妻にすら打ち明けられない（でも、妻は多分、もう、とっくに気づいているのだろうとも思う。その静かな現実がまた、私の不安に餌をやる）私の葛藤、苦悶、醜い闘争は、四月に入ってから、特につらい。妊娠初期は、毎晩毎晩、胎児の安定した成長を祈り続けたが、ここまで苦しくはなかったように記憶している。足繁く神社にお参りしていれば、すぐに明るい気持ちになれた。年が明けて安定期に入り、お医者の先生から順調ですと告げられたり、エコー写真の撮影中にもぞもぞ動く胎児を見たりしたら、心配こそ消えなかったが、いくらでも元気が湧いた。今は、ダメだ。

パニックになんぞ陥るものか、SNS風情に行動を左右されたりするものか、と冷静な人間ぶっている私ではあるけれど、私個人に限って言えば、確実に「恐怖それ自体」に侵食されている。「恐れるべきは、恐怖それ自体」とはよく言ったもので、くやしいが私は自分で恐怖の像を結び描き、自分でそれを眺め味わいしつつ、当て所ない恐怖に駆られ迫られしている。そうして、疲れている。より厄介なのは、この恐怖は、種火の不安が教えるように、ちっとも茫漠としていないところだろうか。曖昧模糊とした不明瞭な思索が産み落とすような不安ではない。明確な一個の人格である、妻という人間の、非常に具体的な未来の姿、それが私の、恐怖なのだ。さらに面倒なことに、その恐怖は誰にも責任がない。妻は無茶をせず、やるべきことをしっかりやりながら、自分を労り、妊婦として懸命に、丁寧に生きている。妻の勤務先はそんな妻をいち早く在宅勤務にさせてくれた。妻を支えているつもりの私は、不器用ではあるものの、今まで何のトラブルも起こさず、妊婦の夫として働き、生活している……はずだ。義父母も、お米や食材を送ってくれた。私の両親も自分たちの分だってそんなにないだろうに、マスクや消毒液を届けてくれた。ご近所の、人のよさそうなご隠居さんは、散歩帰りの妻と私と出会った際に、妻のお腹を見てニコッと笑い、十分な距離を確保した上で「八ヶ月目？　そうかい、それはそれは。何かあったらすぐうちのインターフォンを鳴らしなさい。病院までうちの車で連れて行ってあげよう。私はこの辺はどんな小道でも知っているから、救急車やタクシーなんかより、ずっと速いよ」と話しかけてくださった。そして今日、緊急事態宣言が発令され、新型コロナウイルスの感染被害がこれ以上拡大しないよう、社会全体がその活動を制限してくれることとなった。

誰も彼もが、妻と妻のお腹の子どものために、動こうとしてくれているのである。

何もかもが、妻と妻のお腹の子どもの未来を、守ろうとしてくれているのである。

——だのに、川崎昌平、貴様はまだ、恐怖を浴びようとするのか？　恐怖を求めてしまうのか？　恐怖とつきっきりになりたいのか？

私は愚かだ。

本日の新型コロナウイルス感染者数　日本全体　２５２人　累計３９０６人
東京　８７人　累計１２１４人

四月八日　水曜日　晴れ

午前中、先週、ネットで注文した画材が届く。私は、画用紙に漫画を描く。漫画原稿用紙のツルツルとした紙肌が苦手で、凸凹のある紙でないと、描けない。道具を選ぶほど高度な絵を描いているつもりはもちろんないが、下手は下手なりに、これ以上下手を打たないようにするための道具が必要なのである。都内の画材店に全然足を運べていないため、私の部屋から画用紙やペンのストックがだいぶ減っていたのだが、これで一安心。

午後いっぱいかけて、Ｂ社の連載を下描きからペン入れまで一気に仕上げる。原稿をやっている最中だけは、恐怖から逃れることができるんだと気付く。よくない逃避だとは思うが。

本日の新型コロナウイルス感染者数　日本全体　３５１人　累計４２５７人
東京　１５６人　累計１３７０人

おーい。
カリカリ
ねえってば。
はっ、どうした？
くる
呼んだら気づいてよ。
集中しているのはわかるけど……。
ごめんよ、気をつける。

四月九日　木曜日　晴れ

午前中、通販で購入した「本棚が倒れないようにする装置」が届く。本棚上部と天井との間に置く、突っ張り棒のようなものである。妻のベッドのすぐ脇にこれでもかと本を詰め込んだ本棚がふたつあり、以前から「地震で倒れてきたら、私は圧死するわね」と冗談めかして妻は言っていた。本棚の下にゴムテープを履かせるタイプの、簡易の転倒防止措置は今までもしていたが、増え続ける本の重量を考えると、心細く思え、日々恐怖を血眼になって探している私が、ようやくこのままでよいはずがないと考えるに至ったわけである。

二メートルある本棚の上部に、買った装置を固定する。少し揺らしてみる。ピクリともしない。「これでまあ、倒れてくるってことはないと思うよ」と私が言えば、妻はうなずきながら「ありがとう。でも、本は落ちてきそうね」と指摘する。確かに、本棚は、どの列も手前と奥とで二重になっており、手前に並んだ本の背は、本棚の面からはみ出している。しばらく本棚をにらみながら、「……少し、処分しようか、本」と私が言う。「パパになったら、読まない本を？」と笑いながら妻。確かに、もう絶対に手に入らない画集や美術書、他には必死の思いで見つけた古い人文書や絶版になっている専門書の類は手放せないが、漫画やライトノベルなどは、まあ、確かに……。私の尻を叩くように、妻が「私も捨てるわ、もう読まない同人誌とか、小説とか。少しでも部屋を広くしたいの。子どものためにも」と明るい声で言ってくれる。だが、のべつまくなし、手当たり次第に買い集める「量派」の私に対して、妻の蔵書は厳選を重ねた「質派」のそれである。「いやいや、漫画といえども……否、漫画だからこそ二度と手に入らない種類の本っていうのはあるんだよ。良質な人文書は五年後も書店の棚に刺さっているが、漫画はどれだけおもしろくとも売れ行きが鈍ければ二ヶ月で書店から消える。君のコレクションは滅多なことで棄てたりするもんじゃないよ」と私は説得を試みようとしたが、妻は今しかないと思ったのだろう、強い意思を示すかのように、テキパキと古書店に連絡をとりつけ、処分の手はずを整えてしまった。

その姿勢に背中を押され、私も決意する。本との別れは悲しいが、本が本棚から崩落して寝ている妻の腹部を直撃でもしたら……と恐怖が浮かび上がれば、もう私は平静ではいられない。いや、妊娠中に限った話でもない。生まれた赤ん坊に本が落ちてきたとしても、大事である。よし、片付けよう……と私が本棚から本を抜こうとした途端、棚板のひとつが軋み、バコっと音を立てて外れた。一枚の棚板が外れると、抑えを失ったせいか、本棚そのものが歪みはじめた。慌てる妻を制し、本棚から離れるよう命じると、本にだらしのない夫は急いで本棚から本を抜き、処分する本を大急ぎで選定し、それから、ネットで新しい本棚を二架、注文した。

それを見ていた妻が、「じゃあ、私もそろそろ、赤ちゃんのものを買おうかしら」と言い、ネットで赤ちゃんグッズを注文しはじめた。私も参加し、あれやこれやと言いながら、ふたりで笑いながら商品をポチポチ買いまくる。「本当は、ちゃんと現物を見ながら買いたかったけど」と妻。その通りだ、まったく同感だ。赤ちゃんのものがたくさん売っているお店に出向いて、たくさんの赤ちゃんグッズに囲まれながら、買い物をしたかった。が、みすみす危険を冒すタイミングではない。赤ちゃんのものを買うために、赤ちゃんを危険に晒すのでは、本末転倒。もっとも、ネットで買うのも、とても楽しかった。哺乳瓶を咥える赤ちゃんを想像して、心が弾む。

本日の新型コロナウイルス感染者数　日本全体　５１１人　累計４７６８人
東京　１８３人　累計１５５３人

四月十日　金曜日　晴れ

昨日送ったB社の連載の原稿に対して、B社の編集者I氏から無事に受領した旨を告げるメールが届く。内容に問題はない、次話のネームも早めに頼むとの文言のあとに、B社も緊急事態宣言を受けて、テレワークに突入したことが記されていた。B社ほどの中堅出版社、かつ雑誌媒体の担当編集者となると、どんなものなのか興味が湧き、テレワーク、無事にできるのかどうか、編集者目線で質問してみる。I氏の回答は明敏で、曰く「手探り」。緊急事態宣言が出ることはわかっていたが、それでも細部までは準備を整え切れず、今後はテレワークをしながら、様子を見ていくことにした由。

私は小さなウェブ媒体を中心とした、それほど多くの担当作家を持っているわけでもない編集者であるため、テレワークでもほとんど業務に支障は来さない。校了作業や印刷周りの諸作業など、物理的にその場にいないとどうにもならない、実物の紙を前にしないと手が動かせないような作業以外は、家にいるだろう――などといろいろ考えながら、I氏の「手探り」という言葉に、妙に心が沸き立つ自分を見つける。

「手探り」、よい言葉だ。昨年の段階で、日本社会が、いや、世界がこうなることを予見できた人間など、私の周りにはひとりもいやしない。私もわからなかった。しかし、このわからない、不明瞭な瞬間との格闘こそを、今は逃げずにやり遂げねば、いや、違うな、楽しまねばならない。

わからないことだらけの空間を、「手探り」で進みながら、不安をひとつひとつ押しつぶし、コツコツと一歩を踏み重ねていく。判断を誤ることもあるだろうし、選んだ道で迷うことも、努力の甲斐なく失敗することも、たくさんあるだろう。だが、それが、おもしろい。久しく味わっていなかった感覚である。大学時代にわけもわからず芸術を学んでいた頃を私は思い出した。ここ数日胸中を占めていた不快な感情が少し融けていったように感じ、私は少しだけ興奮した。

本日の新型コロナウイルス感染者数　日本全体　579人　累計5347人
東京　199人　累計1752人

四月十一日　土曜日　晴れ

遅く起床。妻が、朝食と昼食を兼ねて、パンケーキを焼いてくれる。輪切りにしたバナナと昨晩私がつくったオニオンスープの残りを添える。食卓に飾っていた、先週の日曜日に買った黄色い花はまだ鮮やかな色を保っており、「パンケーキに黄色は、似合うね」と私が言えば、「そうね、今週はずっと和食が続いていたから、気が付かなかった」と妻が淡々と同意してくれた。

午後、散歩。極力、他人のいないルートを行こうと考え、普段は通らない住宅街をうろちょろする。高級住宅街というわけでもないのだろうが、それでも、都内で、二十三区内で、庭付きの一軒家がズラッと立ち並ぶ街並みを眺めてしまうと、立派だなあという気持ちになる。「みんな、庭とか、きれいにしているわね」と感心した風に妻が言う。そうなのだ、羨望よりも先に感心が立つのは、どの家からも、丁寧に暮らしている雰囲気があって、庭木の手入れもしっかりしているし、玄関先の様子ひとつにしたって、ゴミなどなく、小綺麗、ちっとも、だらしなくないのである。お金に物を言わせて大きな家を建てました、という風情ではない。長く、大切に過ごしてきた時間を想起させる家々なのである。そう思うと、やはり立派だなあという感情のほうが勝つ。「『ドラえもん』とか『サザエさん』とか、あのタイプの世界観に準拠した一軒家たちなのよね、みんな」と妻。簡潔なまとめだ。あの種の一軒家は、現在（の私の懐具合）からすれば高級物件ではあるが、あの当時、つまり昭和末期においては、普通の日本人像を象徴するアイテムとして描かれている。普通に働いて、普通に結婚して、普通に子どもを産んで育てて……とやってできあがる「普通の家族」のフィクションにおける提案、その生きた見本がこの住宅街なのである。「このあたりに一軒家を買えるように、もっとがんばって働くからね。君と子どものためにも」と私が言えば、妻はあっさりと「マンションのほうがいいわ」。

夜、ランニング。三十分ほど川沿いを、夜桜を眺めながら走る。

本日の新型コロナウイルス感染者数　日本全体　６５８人　累計６００５人
東京　１９８人　累計１９５０人

四月十二日　日曜日　曇り

日中、私はひたすら原稿仕事。妻は女子高時代の友人とオンライン飲み会。アルコールが飲めない妻のために、カフェインレスの紅茶を淹れる。楽しそうな会話が聞こえる。モニター越しに、大きくなったお腹を見せたりしていたようである。妻は今年で三十歳になるが、結婚も妊娠も、同級生たちと比べると、早いほうらしい。妊娠中のあれやこれやをいろいろと問われ、妻も明るく答えていた。気分転換になればよいなと思いながら手を動かす。夕方、散歩の途中、妻の実家に立ち寄り、義母から牛肉とトマトをわけてもらう。いつも本当にありがとうございますとお礼を述べる。夕飯は妻がつくってくれた。いただいたよい牛肉を惜しみなく使った牛丼、ジャコと水菜とトマトのサラダ、味噌汁、こんにゃくのおかか炒め。妻に一言謝りながら、私は牛丼に生卵を落とした。

本日の新型コロナウイルス感染者数　日本全体　７４３人　累計６７４８人
東京　１７４人　累計２１２４人

四月十三日　月曜日　雨

非常勤講師として勤務しているS女子大学から通達があり、どうやら前期の講義はすべてオンラインとなるらしい。昨日妻がやっていたような感じで、講義時間に合わせてオンライン上で集うか、あるいは予め講義映像や資料などのデータをオンライン上にアップしてリンクを受講生に伝えるかなどして、講義を進めてほしいとのこと。予測はしていたが、いよいよかという気にもなる。オンライン講義でなくとも、私は割と精細な資料を用意し、講義室のスクリーンにプロジェクションをしながら、講義を進めてきたタイプの講師である。したがって、やることはそこまで変わりがない……という考え方もあるが、オンラインと対面の最大の違いは、空間の共有の有無にある。

私は、学生数の多寡にかかわらず、学生の顔を見ながら、学生の醸し出す空気を察しながら、学生の熱量を肌に感じながら、声を出すようにしている。学生は無機質な対象ではない。個々に異なる興味や関心を持ち、それぞれに考えながら学ぼうとしている、複数の意思の集団であり、それはとても（私にとっても）有機的な存在なのである。だから、何を話すかは前もって用意しておくが、どう話すかは学生たちを前にしてから決める。

ここ数年、トークイベントや座談会や講演会などに呼んでもらえる機会も増え、そのたびに私は「しゃべるの、うまいですね」とか「語り、おもしろかったです」などと来場者から褒めていただくことがあった。別に、私の話し言葉は、うまくもないし、おもしろくもない。ただ単に、相手に届くよう、相手のための言葉を、相手に向けて発しているにすぎない。

つまり、私の語りは、相手あってのことなのである。オンラインでは、その私の唯一の武器が封じ込められてしまう気がする。学生とともに学ぶことができなくなる予感がある。いや、オンラインであってもそのあたりをうまくやれる教育者も多々いるのだろうとは思うが、私が今からその技量を身につける時間はない。私もつらいが、いやしかし、一番苦しいのは、学生たちだろう。なんとかしてやりたいが、言い訳ばかりで、最善の解決策が思い浮かばない。

学生諸君、無能で、ごめん。

本日の新型コロナウイルス感染者数　日本全体　５０７人　累計７２５５人
東京　１００人　累計２２２４人

はい、というわけで日本文学概論、今日も元気にやっていこうと……。

どうかな？画角は大丈夫？録音はできている？鼻毛出てない？

画面には収まっているわ。音も問題ないと思う。あ、ネクタイが……。

少し曲がっているかも。

オンライン授業のための撮影は、妻に手伝ってもらっている。カメラのセッティングから、撮影開始までを、妻がやってくれる。

ありがとう。どう？

オーケー。じゃあスタート。

四月十四日　火曜日　晴れ

午前中、仕事をしていたら、荷物が届く。先週注文した、赤ちゃんグッズたちである。空気でふくらませるベビーバス、ガラス製とプラスチック製の哺乳瓶、哺乳瓶を洗うためのスポンジ、キャラクターがデザインされた湯温計、赤ちゃん用の爪切りやブラシ、赤ちゃんの鼻水を吸うための器具……いろいろと届く。開梱しながら、妻とふたり、うっとりする。可愛い、可愛いと言いながら、ひとつひとつ、妻が用意してくれた赤ちゃん用の棚に品物を収納する。

なんとか、無事に生まれてきてくれ。最近はそればかり願って生きている。

本日の新型コロナウイルス感染者数　日本全体　３９０人　累計７６４５人
東京　１５９人　累計２３８３人

四月十五日　水曜日　晴れときどき曇り

妊婦検診。義父に車を借りて、産院へ。例によって私は車で待機。そこまで混んでいなかったらしく、一時間ほどで診察が済み、妻が出てくる。「問題ないそうよ。赤ちゃんは順調だって」と妻が言い、「君の体調は？」と私が聞けば、「健康そのもの」と妻。安心する。エコー写真を見せてもらう。もう、すっかり人間である。「鼻が高い。鼻梁が、鼻筋が整っている。君に似たのかもしれない」と私が言えば、妻は「バカね、まだ何もわからないわよ」と笑い、それから「でも、唇の形、きれいでしょう？　ハンサムになるかもしれないわ」と結んだ。親バカふたり、ゆっくりドライブをして、帰る。妊婦検診の日は、不安が影を引っ込める日でもある。今夜は素直に眠れそうである。

本日の新型コロナウイルス感染者数　日本全体　４５５人　累計８１００人
東京　１２７人　累計２５１０人

四月十六日　木曜日　曇り

新規の企画を考える。私は有名な作家ではないし、売れている作家でもない。したがって、仕事が依頼されることは滅多になく、自分から営業して取りに行かねばならない。営業の際に必須となるのが、企画書である。こんな内容の本をつくりたいが、どうだろう、検討してもらえないだろうか、とやるための企画づくりは、私の活動の生命線であり、普段ならその企画を、同人誌として一度本の形で実験的に完成させてから、読者の反応を感じつつ、企画をブラッシュアップしていくのだが、もう、当面は同人誌即売会などのイベントも困難だろう。となれば、企画書ベースで攻めていくしかない。ここ最近思考を進めていたアイデアを企画書として完成させ、旧知の編集者に送る。

子どもが生まれてきたら、ちょっと今のペースでは作業はできまい。となれば、生まれてくるまでの残り二ヶ月ぐらいで、完成は難しくとも土台は築けるぐらいの仕事の進め方をしたい。年内に刊行できるくらいのスケジュールで、書き下ろしの単行本の仕事が決まれば、仕事のペースとしてはちょうどよい。まあ、そんなにうまくことは運ばないだろうが。

本日の新型コロナウイルス感染者数　日本全体　４８２人　累計８５８２人
東京　１５１人　累計２６６１人

四月十七日　金曜日　曇りときどき晴れ

昨日送った企画書、相手の編集者から返事をもらう。内容は悪くない、検討するから時間をしばらくくれ、とのこと。待つのは慣れている。よろしくお願いしますと返す。

ここ数ヶ月手を動かしているS社の書き下ろし単行本についても、S社の編集者から連絡が。いくつか書き直してほしい部分があるらしい。修正は、対応できるところはできるが、できないところはできない。連載ではなく、書き下ろしであるため、既に手を動かした部分については、よほどのことがない限りは、私はやりなおさない主義である。内容を、常に編集者のアンダーコントロールとしたいならば、都度それができる仕事の進め方をすべきであって、企画書を作成し、プロットを用意し、それらが出版社サイドで承認されたのならば、編集者はあまりにもひどいシロモノではない限り、作家の作品を受け止めるべきだと私は考えている。少なくとも編集者としての私はそう信じて仕事をしている。完成原稿を受け取ってから「なんか違うなあ。やり直して」は、作家に対して礼を欠くし、それ以上に編集者としての無能を証明する行為に他ならない。私のように、一冊書き下ろしたところで、一般的なサラリーマンの月収一ヶ月分程度の印税にしかならない零細文士としては、できあがってから「つくり直せ」は勘弁願いたいのである。S社としては、作家は編集者の言う通りに書き直すべきというスタンスなのかもしれないが、作品の執筆も（私の場合は組版やDTPなどのデザイン作業も）真面目な労働だ。労働である以上、割りに合わない仕事はできない。どこかでS社に見切りをつけるべきかもしれない。こちらが納得する修正指示については対応する旨を返事しながら、私は既に完成原稿を新たに持ち込む先を探しはじめていた。昔、一緒に仕事をした編集者が、K社に転職したと昨年末に挨拶をしてくれていたのを思い返す。来月あたり、連絡をしてみよう。

本日の新型コロナウイルス感染者数　日本全体　５８５人　累計９１６７人
東京　２０６人　累計２８６７人

四月十八日　土曜日　曇りときどき雨

明日、新しい本棚が届く。なので、今日はいらない本を箱詰めする作業に集中する。本は重たい。妻には持ち運びさせられない。指示や確認をもらいながら、作業を進める。「その本、もう読まないでしょう?」とか、「そのライトノベルは、パパになっても必要なものなの?」とか、「同人誌が書誌学的に希少性があるのは認めるわ。でも、そのために、私たちの生活が圧迫されるのは違うでしょう?」とか、いろいろと妻が口を挟んでくる。それがおかしくて、重たい本たちを右へ左へ動かしていたが、つらさはなく、楽しく作業できた。こうやって、人は過去から離れ、今を生きられるようになるのだろう。

本日の新型コロナウイルス感染者数　日本全体　628人　累計9795人
東京　186人　累計3053人

四月十九日　日曜日　晴れ

本、本、本。私はこんなにも本を持っていたのかと驚き、呆れる。午前中、注文した本棚が届く。急いで組み立てて、同時に古い本棚を解体し、新しい本棚に本を入れ替える。並行して、昨日に引き続き、妻と決めた「本の処分」のための作業を進める。いらない本、もう読まない本を厳選して、段ボール箱につめていく。それらがあらかた済んだあたりで、古書店が本の引き取りにやってくる。ダンボール箱、五箱分を、ふたつの古書店に引き取ってもらう。それから、新しい本棚に、床から聳えていた本の塔を収納したら、ずいぶんと家が広くなった気がする。これで我が家の蔵書のだいたい……五分の一ぐらいは処分できただろうか。「まだまだいっぱいあるじゃない。ベッドの下とか、あなたの机の周りとか。十分の一ってところでしょう」と妻は手厳しいが、それでも家がすっきり片付いたことは、喜んでくれているようだった。すべてが終わったときには、もう夕方を過ぎていた。「ご苦労さま」と妻。「これで、赤ちゃんも安心して住める家に近づいたわ」と言ってくれる。本を手放した寂しさよりも、子どものために何かできたという喜びが勝つ。

夜、Twitterで、二月にH社から出た私の新刊の書評が、新聞に掲載されたらしいことを知る。共同通信配信の記事で、キュレーターの遠藤水城氏が評者とのこと。共同通信配信による書評記事は、主として全国の地方紙に掲載されるものらしく、おそらく、昨日あたりから、各地の新聞に掲載されてたのだろう。これで売れ行きが伸びれば嬉しいが、さて、どんなもんだろうか。とりあえず現物を読んでみたい。

本日の新型コロナウイルス感染者数　日本全体　４２４人　累計１０２１９人
東京　１０９人　累計３１６２人

四月二十日　月曜日　雨

朝、義父に車を借りて、妻の会社へ。産休前の最終出勤日であるらしい。もう一ヶ月以上、在宅勤務を続けている妻を見ていたからすっかり忘れてしまっていたが、今日までの期間は産休ではなく、あくまでも通常勤務、その形態がリモートワークというだけであったのだ。車に在宅勤務中に使っていた会社の機材などを詰め込み、都心へ向かう。妻を会社まで送り届け、私は久しぶりの都心ということで、少し心が浮かれ、だが慎重にならねばと自分に言い聞かせ、おっかなびっくりハンドルを握り、秋葉原まで移動した。馴染みの店主がいる書店へ、陣中見舞いというか、顔を出そうと思ったのである。

適当なコインパーキングに駐車して、マスクをしっかりして、傘をさして、秋葉原を歩く。人が全然いない。薄暗く、妙に静かな街景色に、ようやく緊急事態宣言の実状と出会えた気分になる。曲がり角などにメイドが立っていて、呼び込みをしている。この状況下では客足も相当鈍るだろう。でも、彼女たちには、呼び込みをするより他に、働く道筋がないのかもしれない。何も協力はできないが、がんばれとだけ念じながら歩き、書店へ到着。本屋も、久しぶりである。本を大量に処分した矢先に、また本を買うのはどうかとも思ったが、私が何も買わずに本屋を後にできるわけもない。漫画と雑誌を二冊ずつ買う。

会計後、新刊を棚に並べていた店主に声をかける。予想外の来訪にちょっと驚いた顔を店主はしたが、すぐに笑って「川崎さんの本ね、ここ。先月まではもっと大きく展開していたの」と入り口近くの平積みコーナーを指差して教えてくれた。二月にH社から出た私の新刊を置いてくれていた。昨日の書評によって、動きが出れば、店主の恩に報いることができるのだが……そううまくはいくまい。軽く近況などを語り合って、店を出る。

　妻を迎えた後、車で世田谷まで移動して、高校時代の友人Uが開いた食堂へ。テイクアウトを始めたと一昨日、ネットで知ったので、Uの商売を助けたい気持ちから、弁当や惣菜やらを大量に買う。Uが袋に品物を詰め、赤ん坊を背負ったUの奥さんが、会計をしてくれる。「子ども、幾つになったんだっけ、もう二歳?」と私が問えば、Uは「まだ一歳を過ぎたばっかりだよ。大変だよ、もう」と顔をしわくちゃにしながら微笑み、そして「でもまあ、大変でも、生きていくしかねえからさ」。本当にそうだ。生きることを拒む選択肢が、Uにも私にもない。なぜなら、生きることは、Uや私にとって、権利ではなく、義務だからだ。「そりゃそうだよ、元気でやろう、お互い」と私はUの手を握りしめ、すぐに車に戻った。車内で待っていた妻が「Uさん、元気だった?」と訊いてくれる。「ああ、元気だったよ、赤ん坊も大きくなっていた。負けてられんよ、オレも」と私は返し、アクセルを踏んだ。

　今日を、生きなければならない。私のためではなく、明日のために。

本日の新型コロナウイルス感染者数　日本全体　５３２人　累計１０７５１人
東京　１０１人　累計３２６３人

静かな東京も悪くないが、
ずっとこれじゃあ、
さすがに苦しく寂しい。

四月二十一日　火曜日　曇り

今は秋田に住んでいる大学時代の知人が、秋田魁新報を私に送ってくれた。遠藤水城氏による私の本の書評記事が掲載された日の新聞である。読みたかったので、私は素直に喜んだ。知人に礼を述べ、記事を読む。文中にある「やわらかい変化球」という評が嬉しい。前半の漫画部分に対して、後半の書き下ろしの文章を「とても不思議な試み」と言ってもらえたのも、手応えを感じられてさらに嬉しい。H社から出た私の本は、サブタイトルに「表現の自由はなぜ失われたか」とあるのだが、現代アート、いや、現代の文化全般に対する私の提言を、その決してストレートではない、迂遠な語り口の、わかりやすさよりも他のものを大事にした見せ方を、認めてもらえたような気がした。ありがたい。売れなくてもよいから、誰かの意識に強く引っかかる作品をつくり続けようと気持ちを新たにする。

夕方、先週送った企画書の返事が来る。「おもしろいが、性質上、うちの雑誌では難しい」と断られる。連載することで、定期的な収入を得た上で作業を進めたいという思惑は、失敗した。いずれにせよ、読んで、検討してもらえただけでも、感謝である。こうも人と会っていないと、メールのやりとりですら、社会とのつながりを感じられて、元気が出る。

本日の新型コロナウイルス感染者数　日本全体　３６８人　累計１１１１９人
東京　１２３人　累計３３８６人

四月二十二日　水曜日　曇りときどき晴れ

午前中、注文していた赤ちゃん用の布団が届く。ミッフィーの絵柄がデザインされた布団の、愛くるしい見た目にうっとりする。会社の仕事から解放された妻は、昨日から、コツコツと家の整理を進めている。赤ちゃんグッズを整頓したり、それらを収納する場所を準備したり。重いものを運ぶときだけは私に声をかけてくれる。赤ちゃんを迎え入れる準備を進めていく妻を見て、安心した。妻は、怠惰を許さない主義の人である。時間を無為に過ごすことを、あまり是としない性格なのである。だから、私は産休となって、仕事がなくなったら、妻は何かこう、生活のリズムを崩してしまうのではないかと案じていたのだが、まったく無駄な心配だった。産休に入れば入ったで、なすべきこと、やるべきことを正確にリストアップし、テキパキと進めていくのが妻という人間だったのだ。

そんな妻は、午後の散歩中、時折、空を見上げる仕草をした。「どうしたの?」と問えば、「明日でも明後日でも構わないけど……スッキリ晴れる日はないかしら。赤ちゃんの服の、水通しをしたいのよ」と妻。浴室乾燥機があるじゃないかと愚昧な夫が言えば、妻は首を振り、「赤ちゃんの最初に着る服だもの。ちゃんと、太陽を浴びせてあげたい」と言う。お日様を目一杯浴びた服に袖を通す赤ん坊を想像して、うんと私もうなずいた。「そうだよね、太陽光のほうが、健康的な感じがする」。散歩の帰り道、ドラッグストアで洗濯機の洗浄液を買って、帰宅後、すぐに洗濯機をきれいにする。明日以降の楽しみが増えた喜びで、力が湧く。

本日の新型コロナウイルス感染者数　日本全体　３７７人　累計１１４９６人
東京　１２３人　累計３５０９人

四月二十三日　木曜日　晴れ

八時起床。燃えるゴミを捨てて、空を見上げ、太陽の光がこれでもかと降り注ぐのを全身で感じ。阿呆のように「水通し、水通しをしよう！」と叫んで、寝ている妻を叩き起こす。朝食におじやをつくり、妻とゆっくり食べた後、水通し開始。洗濯が終わり、買っておいた赤ちゃんの服用のハンガーに服を通し、ベランダに干す。

青空の下、赤ん坊の服がひらひらはためいている。可愛い服が、可憐に揺れている。もう、幸せだ。窓辺にぼうっと突っ立ってその光景を眺めていたら、妻が「可愛い」と声を漏らす。まったくだ。妻も可愛い。生まれてくる赤ちゃんも、想像するだけで可愛い。今日、私は幸せだった。明日も、幸せになりたい。

本日の新型コロナウイルス感染者数　日本全体　４２３人　累計１１９１９人
東京　１３４人　累計３６４３人

ガララ
うん、だいたい乾いたみたい。
こんなに、小さいの？
生まれたばかりはこれくらいなのよ。きっと。

四月二十四日　金曜日　晴れ

S女子大学から、オンライン講義のための、細かい連絡事項がメールで届く。確認する。出欠のとり方や、採点方法など、いろいろと細かく指定されている。ずいぶんとやることが増えるな、しんどいなあ……と身勝手な思いに因われそうになったところで、学生の境遇に思い至る。真実、しんどいのは学生のほうではないか。

例えば、地方から上京した学生などは、どうなるのか。普通に考えれば合格が決定し、入学の時期に合わせてアパートなどを借りているだろうが、前期の講義がすべてオンラインで進むのであれば、そもそも東京にいる必要がなくなってしまう。とは言え、借りてしまったアパートを解約するのだって、もう一度引っ越しをするのだって、難しいだろう。

S女子大学に限らず、今年の新一年生は、みな大変だ。不憫にすら、感じる。大学生活に期待を膨らませている学生だって、大勢いたろうに。大学の機能のほとんどが正常に働かず、通常の学びの機会が失われ、しかし、時間だけは過ぎていく。いっそ、教育関係においては、二〇二〇年という時間を止めてしまえ、とも思うのだが、それはそれで大混乱を来すのかもしれないし、現実的ではないのだろう。

かわいそうだが、教える側がかわいそうと言っているだけでは、それこそ不幸である。なんとか、私の講義の受講生には、つらい境遇を凌げる気持ちになれるような、そんな講義を届けたいと思う。

本日の新型コロナウイルス感染者数　日本全体　469人　累計12388人
東京　170人　累計3813人

四月二十五日　土曜日　晴れ

昼食後、妻と散歩。もう近所はだいたい歩き尽くしたつもりでも、まだまだ知らないところがある。妻と私の住んでいるアパートは高台の上にあり、どの方面へと足を向けても、いずれ坂を下ることとなる。そうして、川につきあたり、そのまま進めば、また別の台地を上り、隣の街へとつながる。今日は、歩いたことのない坂を、下りてみた。入り組んだ区画に、小径が連なり、なんだか、迷路のよう。大きな一軒家が連なるエリアではなく、小さなアパートや古いマンション、それから、小さく静かな商店街などを発見する。商店街は、緊急事態宣言の影響だと思いたいが、あらかたシャッターが下りていた。

途中、暗渠だろうか、狭く曲がりくねった道を歩いていたら、道沿いの古い下宿屋のような建物と道とを隔てる柵に、黄色い花が咲いていていた。枝ぶりがよく、満開の花たちは道まで溢れて咲き誇っている。もこもこっとした、黄色い花の形がおもしろく、妻と、これは何の花だろうと足を止めて観察する。が、わからない。「子どもが、これなあにって質問してきたら、どうするの？」と妻に問われ、自然科学に弱い私は返事に窮した。植物に関する知識など、とんとない。「勉強、しないとなあ」と不学の父は、未来の息子に謝った。

帰宅して、撮影した写真をもとに、ネットの門を敲《たた》く。すぐに、木香薔薇《もっこうばら》、という答えを得る。妻にそれを報告しながら、もっともらしく「知識が、身体性に紐付かない時代になるんだろう、こうやって」と私が言えば、妻はつまらなさそうに「技術も、社会も、変わるのよ。人間だって変わっていくわ」とつぶやいた。もっともだ。ウイルスが変わり、社会も変わろうとしている現状を前にして、人間だけ、昨日と同じであろうとするほうが、間違っている。私も、変わらなければならない。

本日の新型コロナウイルス感染者数　日本全体　４４１人　累計１２８２９人
東京　１１９人　累計３９３２人

四月二十六日　日曜日　曇り

夕飯の食材を買いに出かける。もう妻とはスーパーに行かないようにしている。妻には家で待機してもらい、必要なもののメモだけ拵えてもらって、メモと買い物袋とお金とを持った私が買ってくる……というスタイルである。「自分の目で食材を確かめたいとも思うけど……」と妻は言うが、都内の新型コロナウイルス感染者数は、連日百人以上のペースで増えている。

家にいて、鬱々としてしまう気持ちも痛いほどわかる。散歩だけでは気が晴れない日もあるだろう。だが、今は我慢の日々である。「気持ちはわかるけど、辛抱してくれ」と言い聞かせ、買い物は私の担当とした。

スーパーからの帰り道、コンビニで、作品を連載しているB社の雑誌を買う。もちろん、B社は見本を毎号、発売日前に送ってくれているのだが、その送り先を私が私の勤務先に指定してしまっているため、出社していない私はそれを入手できていない。まあ、たまには自分でお金を出して買うのも悪くなかろうと購入。書店で自著を購入することはよくあるが、コンビニで自分の漫画が載っている雑誌を買うのは、あまりやらない。なんだか、自分が、漫画家であるかのような気分になり、おかしくなって、笑ってしまった。

本日の新型コロナウイルス感染者数　日本全体　３５３人　累計１３１８２人
東京　８２人　累計４０１４人

四月二十七日　月曜日　曇り

午前中にKという出版社の編集者I氏からメールをもらう。Kから今年の一月に刊行される予定だった私の著書は、センター試験に代わって新しくスタートする大学入試共通テストにおける国語教科、特に記述式問題に関連する内容だったのだが、肝心要の記述式問題の実施が延期になってしまったため、本の刊行自体が中止となってしまったのである。そりゃあ、実施されない科目のための対策本なんて、刷る理由がないから、Ｋの出版社としての判断は完全に正しい。ただ、原稿は組版まで含めて完パケ、ゲラまであがっていて、まさに校了直前という段階での刊行中止であったため、そこそこショックではあった。Ｉ氏は「原稿は問題なく脱稿してくれたわけですから、印税は難しくとも、原稿料はお支払いできるようにします」と中止決定後に仰ってくださったが、丁重にお断りした。中止となったのは、政治の問題であり、Ｉ氏のせいでも、出版社としてのＫの責任でもないからだ。

そんなやりとりから三ヶ月近くが経過した今日、Ｉ氏からのメールには、刊行中止となった本の中身を一部改めて、広く国語という教科に向けた本として、来年度の受験のタイミングで出すことに決定した、というものだった。どうやら、刊行中止となった後も、なんとか復活させるべく動いてくれていたらしい。ありがたい話である。もちろん、そのままというわけにはいかないし、そこそこの量、加筆修正しなければならない様子ではあるものの、お蔵入りとなるはずだった原稿たちに、再び日の目を見せるチャンスが訪れたと思えば、嬉しくないわけがない。メールで、最大限の感謝をお伝えする。それから、妻にダメになった本が、Ｋから来年新刊として出ることを伝えると、「よかったじゃない」と喜んでくれ、そして「感謝しないと、ダメよ。いろいろな編集者さんのおかげで、あなたがあるんだから」と結ぶ。

まったくだ。自分を、一廉《ひとかど》の作家であるなどと、思い込んではいけない。私の表現は、私以外の多くの人の手を借りなければ、届かない。その事実を、忘れてはいけない。こんな時期だからこそ、その意味が一層強く感じられる。ひとりでは、私のようなつまらん男は、生きていけやしないのだ。

本日の新型コロナウイルス感染者数　日本全体　２０３人　累計１３３８５人
東京　４１人　累計４０５５人

四月二十八日　火曜日　曇り

日中、Ｓ女子大学のオンライン講義用の映像撮影をする。資料などは昨晩つくっておいた。撮影のセッティングをいつものように妻に頼み、講義をする体で私がカメラの前で話をする。三カット、合計二時間弱撮影し、それから編集作業へ。映像編集など、二十代前半にＮＨＫの教育番組をつくって以来だから、もう十数年ぶりである。ノンリニア編集の環境も当時とは比較にならないほど進化している。この歳になってまた映像編集に手を染めるなんて思いもしなかったが、昔とった杵柄とでもいうのか、悪戦苦闘しながら手を動かしていたら、ようやくここ最近、勘を取り戻せている気がする。一段落して、「昔はレンダリングひとつとっても、数十分、下手すりゃ一時間以上かかることなんてしょっちゅうだったけど、今は速いねえ」と私が言うと、「そういうこと、言わないほうがいいわ。おじさんになっちゃうから」と妻。大概私はおじさんではあるが、気を若く持てという叱咤激励と受け止めた。そりゃそうだ、これからパパになろうとする人間は、せめて気持ちだけでも若くなければいけない。

本日の新型コロナウイルス感染者数　日本全体　１９１人　累計１３５７６人
東京　１１３人　累計４１６８人

四月二十九日　水曜日　晴れ

午前中、M書房の編集者S氏からメールが。四月十日から発売となった私の新刊が、ジュンク堂書店池袋本店で大きく展開していることを教えてくれる内容だった。凄まじい量、平積みした写真なども見せてくれた。ありがたい話である。初速を伸ばせるよう、がんばりますとS氏が言うので、私も何かお手伝いしたいと思い、書店用ポップなどこしらえましょうかと提案したら、ぜひやってくれと言われてしまう。この状況下では、本の動きも鈍いだろうが、それでも拙著を推してくれる書店員さんや編集者さんがいるのであれば、その恩情に報いたい。大急ぎで絵を描き、妻に色塗りをしてもらい、デジタルでポップを完成させ、送る。S氏によると、都内の旗艦書店に配布する由。飾られているところなどを見に行きたいが、自重。

本日の新型コロナウイルス感染者数　日本全体　２７６人　累計１３８５２人
東京　４７人　累計４２１５人

四月三十日　木曜日　晴れ

午前九時、電車で二駅離れた街にあるスーパーまで自転車を飛ばす。コロナ禍のせいで流通も正常ではないためか、近所のスーパーから野菜の品数や在庫数が極端に減り、なおかつ残った野菜たちも質が落ちているように感じられたからだ。先週も近所のスーパーでほうれん草も青梗菜も手に入らないというような事態に直面した。落胆した私は妻と思案し、ちょっと遠いが野菜の質がよく、かつ安いことで有名なスーパーがあることを調べた。なおかつ、そのお店は朝の開店直後であればあるほど品物も豊富で鮮度のよいものがあるらしい。だから、朝から自転車を疾駆して一路、その店を目指したのである。

三十分ほど自転車を漕いで到着したその店は、緊急事態宣言中ではあるが、そこそこ混雑していた。していたが、ソーシャルディスタンスというものを、お店側も徹底させようとお客に呼びかけており、またお客の意識もちゃんとしているからか、距離を保ちながら買い物をしている風である。私も倣って、作法を守ろうとした。妻が持たせてくれたアルコール洗浄液の入ったスプレーを手に吹きかけ、ゆっくり店内に入り、前のお客さんが品物を見ているときは黙って離れて立ち、お客さんがその売場を離れたら、その品物の前に行く、という動作を繰り返しながら、野菜を次々とかごにつめていく。確かに、評判がよいだけのことはあって、台所に立つようになってまだ三年程度の私から見ても、明らかに新鮮でおいしそうと思える野菜が豊富に並んでいる。値段も高くはない。キャベツ、ジャガイモ、玉ねぎ、ニンジン、ほうれん草、青梗菜、ネギ、トマト、ナス、きゅうり、アスパラガス……食べきれない量を買ってももったいないから、日持ちするものは多めに、足の早いものは必要なものだけ、という具合に買う。それでもかなりの量になった。パンパンに膨らんだエコバック二袋分、自転車のハンドルの左右にぶら下げ、慎重に自転車に乗る。重い。しかし、文句を言えるわけがない。妻には、今、野菜が必要だ。栄養価の高いものを妻は食べなければならない。野菜が不足しては、身体を壊す。赤ちゃんにも悪い影響が出るかもしれない。だから、どれだけ重かろうが、自転車のスピードが出なかろうが、上り坂が二度も三度も現れようが、私は進まなければならないのである。

よたよたと自転車を漕ぎながら、ふと、昔、父親が祖父について語ってくれた話を思い出していた。そのとき私は高校生で、確か年末で、父親とふたり、自転車で隣県のホームセンターまで、買い出しにでかけたのである。なぜ車を使わなかったのかは覚えていないが、買い出しを終え、大荷物を抱えながら江戸川を再び渡り、家に帰ってきて、父と私の分、お茶を淹れてふうと一息ついたらば、父が「お前のおじいちゃんは、箱根の山を自転車で越えたんだぞ。戦後にな、静岡県の実家まで帰って、お米とかを買い出ししたときに」と語りだした。「静岡県って言っても、確かおじいちゃんのふるさとは、天竜川の上流とかじゃあ、なかったっけ？」

と私が問い返せば、「そう、遠州の人だからな。そこから、横須賀まで、自転車で」と父。当時はふうんとしか思わない話だったが、今この瞬間は、かなり身に沁みる訓示となって私の脳裏を駆け巡っていた。

父は六人兄弟の末っ子で、一九四九年の生まれである。あのエピソードの示す戦後が敗戦直後だとしても、妻と四、五人の子どもはいたはずで、となると自分含めて六、七人を一定期間餓えさせない量のお米を運んだ計算になる。一升、二升のわけはない。一斗、いや、下手をすれば一俵分ぐらい、あるいはそれ以上を運んだのではないか。一俵だとすれば六十キログラム、そいつを担いで箱根の山を越えたとなると、前後の移動距離も合わせると、すさまじい力技だ。ど根性だ。祖父は私が一歳のときに亡くなっているため、何も覚えていることなどないが、しかし、今、私は祖父を明確に尊敬しはじめていた。

世相混乱の折、家族のために、自転車を駆り、荷物を運ぶ。祖父もしたことである。私にできないはずはない。だいたい、大荷物で箱根の山を越える難易度と比べれば、たかが電車で二駅程度の距離、どうということもない。何度でも、買い出しに行こう。どれほど重くとも、運んでみせよう。物流がさらに滞るような事態になり、野菜はおろか、赤ちゃん用品すら品薄になるような事態になっても、私はどれだけ遠くであろうとも、その品物を手に入れるためにいくらでも走ろう。妻のために、子どものために、生きる。その血が私にも流れているのだとしたら、こんなに心強いことはない。そのために、生きてみせるし——死んでみせる。今際の際に「生きた！」と言える人生があるのだとすれば、きっと、そういう生き方なのではないか。
私は早く、私という個人を棄てなければいけない。

本日の新型コロナウイルス感染者数　日本全体　２３６人　累計１４０８８人
東京　５９人　累計４２７４人

五月の日記

五月一日　金曜日　晴れ

八時三十分に起床、マフィンをふたつ食べる。身支度を整える。妻は眠たそうにしながら、軽く化粧、そうして、朝食を何も食べない。九時過ぎ、ふたりで家を出て、歩いて妻の実家へ向かう。

快晴、空が突き抜けて青い。夏かと思うほどの暑さ。水を飲んだほうがよいと言うと、妻は素直にペットボトルの水を飲み、それから「ほんとうは、マフィンを食べたかったんだけど、あなたがふたつとも食べてしまったから」などと言う。君はああいったお菓子は食べないのかと思ったんだと私が言い訳すると、「あなたは、いつもそう」と妻。食意地の張ったおじさんは、配慮が足らなかったことを申し訳なく思いつつ、口では、いや、そういうことは、昨日の夜のうちに言ってくれないと困るなどと見苦しく抗弁した。

妻の実家で車を借りて産院へ。道路は空いていた。到着し、妻が産院の入り口へ吸い込まれていくのを見届けると、前回と同じく、外で待つ。産院の駐車場に停めた車内で仕事をしようと思ったのだが、あまりの暑さに断念する。クーラーを効かせようかとも悩んだが、産院の駐車場でアイドリングをし続けるのもどうかと思い、よす。窓を開けた車内で、マリオ・プーヅォの『ゴッドファーザー』（一ノ瀬直二訳、早川書房、一九七三年）の上巻を読み直していたら、隣の車から男が降りて、産院の玄関へ。コロナ禍とあって、よほどのことがない限りは妊婦以外は院内に入れないはずだが、と思って眺めていると、男は、玄関先で立ちながら、背伸びをして、腕を振ったり、腰を回したり。

やがて、産院から、赤ん坊を抱きかかえた年配の女性と、少し疲れた顔をした若い女性とが出てきた。男が大きく手を広げる。年配の女性が笑う。若い女性がスマホを手に取り、年配の女性と赤ん坊を撮影する。男が、撮影中の若い女性の肩を抱く。妻と、夫と、妻の母親……とかだろうか。この産院は、今、妊婦以外の立ち入りを原則禁止としている。出産時の立ち会いはおろか、生まれた後も、赤ちゃんの母親当人以外は産院に入れない。退院時の迎えも、原則ひとりまでと通達があった。男は、やっと、自分の子どもに会えたのだろう。さぞ感無量と推察するが、男は、挙動こそにぎやかではあるものの、決して声は上げようとしない。窓を開け放つ私の耳に、男の歓声も笑声も聞こえてこない。この産院は不妊治療もやっていて、そうした女性やそのパートナーも来る病院だから、あまり騒いではいけないと、妻の妊娠初期に私もそのように妻からアドバイスをもらっていた。男も、それをわかっているから、そしてこのコロナ禍にあって大騒ぎをするべきではないと自重しているから、静かに、でも、全身で喜びを顕《あらわ》にしているのかもしれない。随分と若く見える男だが、しっかりしているなと私はひとり勝手に、男を尊敬した。

男が小走りに車に戻り、後部座席のドアを開け、妻と自分の義母を手招きする。全員が乗り込み、車は静かに発進した。私もエンジンをかけて、その後にそっと続いた。エアコンをかけないと、そろそろ私も限界だったのである。最初の信号で男の車は右にそれた。私は真っすぐ進んだ。近所を二十分ほどぐるぐるまわり、コンビニに寄ってコーラを買って、その後も十五分ほどあてもなくドライブをしながらクーラーで涼んだあと、産院に戻ると、タイミングよく妻が出てきた。

子どもは、順調に成長しているとのこと。ホッとする。ただ、妻自身が、少々貧血気味で、その指導を受けたらしい。晩ごはんはミートソースのスパゲティにするつもりだったが、鉄分が豊富なアサリを使って、ボンゴレロッソ的なものにしようかと提案する。「アサリは、嫌い」と妻が拒否する。じゃあ、ひじきはどう、と別案を提示すると、うなずいてくれた。

産院の近くの、初めて行く大きなスーパーで、週明けまでの食材を買い込む。ひじきを買おうとしたら、芽ひじきと長ひじきがあり、あまり知識のないふたりは、どちらにしようか、ひとしきり迷う。「芽ひじきがいいわ」と妻。「名前がいいでしょう、育ちそうで、これから」と言うので、私は声を立てて笑ってしまった。

本日の新型コロナウイルス感染者数　日本全体　１９３人　累計１４２８１人
東京　１６５人　累計４４３９人

どう違うのかしら?

いつも缶詰のひじきだからわからないね。

芽ひじきにしましょ。育ちそう。

君が判じ物とは……。珍しいな。

私だってゲンを担ぎたい気分になることも、あるのよ。

コロナ禍に唯一、よいところがあるとすれば、妻の新しい面を発見できる機会を増やしてくれた点かもしれない。

五月二日　土曜日　晴れ

暑い。じっと身を縮こまらせて幽かな春を眺めていたら、荒々しく初夏が居座った風情。洗濯槽がまだきれいなうちに、梅雨の湿気などで不潔になってしまう前に、赤ちゃんの服の水通しを終わらせようということで、先週に引き続き、第二弾を実施する。残りの、新品の短肌着やガーゼやおくるみなどを洗い、干す。

干し終えてから、妻が「そう言えば、ゴールデンウィークなのよね、今」とつぶやき、「どこか、出かけたかった？」と訊いてくる。どうだろう？　妻も私も、旅行好きという性格ではない。映画館や美術館に出かけるのは好きだが、外出しないと退屈してしまうというタイプでもない。家にいても、本を読んだり、創作活動に勤しんだり、時間の価値を自分たちで生み出す種類の生き方をしてきたつもりである。だから、東京の片隅に閉じ込められる日々を、私は苦痛に感じたりはしない。そう思ったが、私の口からは「海に行きたい。泳ぐんじゃなくて、春の海を、ただ眺めてみたかったかも」という、くだらない言葉が垂れ流された。少し、妻が寂しそうな顔をする。

私は、バカだ。

本日の新型コロナウイルス感染者数　日本全体　２６４人　累計１４５４５人

東京　１５４人　累計４５９３人

五月三日　日曜日　曇り

S女子大学のオンライン講義のため、終日撮影と編集と資料作成に忙殺される。週に二コマしか担当科目がない私ですら、この作業ボリューム。多くの講義を持つ専任の教員や、三つも四つも大学を掛け持ちしているような非常勤講師なら、凄まじい労働量になるのではないか。私のもうひとつの非常勤講師としての勤務先、T工業大学の講義が、後期で本当によかった。仕事の要領が、私はだいたいにおいて、悪い。人並み以下の処理能力だし、燃費もよくない……などと落ち込んでいる私のために、妻が昼食に、焼きそばパンをつくってくれた。とてもおいしい。

本日の新型コロナウイルス感染者数　日本全体　２９４人　累計１４８３９人
東京　９３人　累計４６８６人

五月四日　月曜日　曇り

夕食後、高校時代の柔道部の仲間たちと、オンライン飲み会。妻が「お酒、飲んだら」と珍しく私に飲酒を勧めた。始まる前にコンビニへ走り、缶チューハイを一本だけ買う。寝酒ではない飲酒は、久しぶりだ。

卒業して二十年経つが、柔道部の縁はなかなか切れない。毎年、盆と正月には集まって騒ぐ。今年は正月に集まったが、夏は困難かもしれず……というわけで、誰かがコロナ禍でもひとつ結束を固めようじゃないかと言い出して、オンライン飲み会開催の運びとなったのである。私からは言い出さなかっただろうから、誘いに感謝。オッサンたちが、それぞれ小さな画面に収まって、窮屈そうにめいめい酒宴を張りながら、ボソボソ語らい合う。台北にいるO君は、細君と一歳を過ぎたばかりの娘さんを招いて一緒に暮らそうとした矢先のこの事態となり、今更呼び寄せることも叶わず、本人の一時帰国も難しくなり、「もう娘には半年会ってない。そろそろ僕の顔を忘れてるんじゃないか」とぼやく。対して五年前から家族でベトナム駐在となっているK君は「いや、今は我慢するしかないよ」と、神妙な顔つきで言う。が、K君の幼い息子ふたりが、「パパ、何してるの」と不思議そうにK君にじゃれついているのが画面に映り込み、微笑ましい。誰かが酔った声で「なんだよ、楽しそうじゃねえか」と突っ込めば、案外そうでもないのだそうで、ベトナムでは、夜間外出の制限などが厳しく、市街地などでは武装した兵士がいて、まさに厳戒態勢といった空気であり、気が休まらないとK君は教えてくれた。愛知で働くN君は、ようやく先週から完全リモートワークとなったらしいのだが、「家で仕事って言ってもさ、子どもがいるじゃん。仕事中はさ、静かにしてくれてるんだけど、終わってさ、遊ぼうってなって、最初は楽しかったけど、もう飽きたっていうか、何していいかわかんなくなっちゃってさ」と、慣れない在宅勤務の辛さを語ってくれた。現時点ではまだ子どもが生まれていない私は、「そんなこと、ないだろう、子どもとたくさん遊べて、楽しそうじゃないか」と異議を申し立てると、N君、いやいやと首を振って、「飽きるんだよ、そんなに楽しいもんじゃないよ。会社に行くほうが全然ラクだよ」と笑っていた。他にも子どものいる仲間は、異口同音に在宅勤務のしんどさを語った。「一緒にいる時間が増えていいかなって思ったけど、いやあ、やっぱりめんどくさいもんだよ」とか「会社いきてえよ、仕事にならねえ」とか。まったく、仕事人間どもめ。みな、一流企業に新卒で入社して働き続けているだけあって、子どもを可愛がることよりも、仕事をしっかりする方を優先する主義なのかもしれない。あるいは、そうではないとしても、仕事が満足にできなくなるくらい、幼い子どもとの生活は大変ということか。同級生だが人生の先達でもある彼らの言葉を、私は楽しく聴いていた。なんであれ人の言葉を、スピーカー越しとはいえ耳にすることができるのは、悪くない体験だと感じた。なんだかんだ、みんな元気そうで、嬉しい。

二時間程度続けていたが、ひとり、またひとりとオッサンが酔いつぶれていく。呂律の回らないのが過半数を超えたあたりで、柔道部の主将だったM君がお開きを命じる。私は最後まで缶チューハイ一本でねばっていた。寝酒は酩酊するまで飲むが、人前の酒は意識を保ったままで我慢するのが私の飲み方だ。つまり、一缶程度が限界。

彼らが今夜の飲み会をどんなふうに感じていたか、私にはわからないが、私は、私自身驚くほどに、喜んでいた。元気すら出た。旧交を温められたからではない。このコロナ禍にあって、変わらない人間の心根の強さと触れ合えたからである。どれくらい変わらないかと言えば、もう二十年前と寸分も変わっていない。みんな歳を重ね、立派になりこそすれ、理性や情緒、思考の根幹には、かつてと違わぬ丈夫さがあった。頑健な意思が、前世紀からそのまま生きていて、いや、たくましくすら成長していたのである。

認めたくはないけれど、私の心は少々衰弱していたのかもしれない。他者の強さに触れて、それを眩しく感じるのは、そういうことなのではないか。妊娠中の妻とお腹の子を守るという、ヒロイズムに酔いながら、否、酔わねばならぬと鞭打ちながら、三月、四月と生きてきたが、ちょっと、私は疲れていたのかもしれない（もちろん、妻はもっと疲れているのだろう、私よりもずっと）。

同時に、私の疲労に、救出の余地があることを、彼らから教わった気がした。眩しく思える事実は、私が強い人たちを見上げられている証左となる。私は、まだ、俯いていない。下を見てばかりの歩き方をしていない。前を、上を、まだ見ることができる。それが可能になる程度の力は、まだ私に残っていたと知った。その力を忘れなければ、失わなければ、元気は取り戻せる。今日、そう確信した。苦しいときは、何が苦しいのかわからなくなる瞬間が、もっとも苦しい。苦境の現在地が判明すると、少し、気が休まる。

だから私は喜んだ。ありがとう、ありがとう。面と向かって言いはしないが、そう叫びたい気持ちで私はいっぱいだった。オンライン飲み会終了後、妻はすぐ気がついたようで、酒で汚れたマグカップを洗おうとした私に向かって、こう言った。「映画を見て、泣いた後みたいな顔をしているわ。泣いたの？」と。バカ言うな、泣きはしねえよ。涙腺の緩んだオッサンは、皿洗いをしはじめて、聞こえないふりをした。

本日の新型コロナウイルス感染者数　日本全体　２１８人　累計１５０５７人
東京　８７人　累計４７７３人

五月五日　火曜日　晴れ

改めて見ると、妻のお腹は本当に大きくなった。近所を散歩しながら、隣を歩く妻を見て、心からそう感じた。妻も同様で「大きいでしょう？」と自分自身で感心したふうにお腹を見せつけてくる。愛おしい。

夜、足が、特にふくらはぎあたりがむくむと妻が言うので、下手なりに、マッサージをしてみる。かえって痛いだけだったかもしれないが、妻は「ありがとう、少し張りが消えた気がする」と言ってくれた。

本日の新型コロナウイルス感染者数　日本全体　１７４人　累計１５２３１人
東京　５７人　累計４８３０人

お腹、本当に大きくなったね。赤ちゃん、動いている？
元気よ。聴いてみる？
では、失礼して……。
そーっ
パパですよーって、うわ！
今の赤ちゃんの脚かな？頬を蹴られた。
この子、すごく動くのよ。

五月六日　水曜日　曇りのち雨

Ｂ社の連載の原稿を送る。連載のよいところは、自分が作家であることを定期刊行物である雑誌が証明してくれるような気分に浸れるところだろうか。社会とつながっている、という気持ちになれる。いや、幻想と言われれば、ちっとも反論はできないけれど。

本日の新型コロナウイルス感染者数　日本全体　１２３人　累計１５３５４人
東京　３７人　累計４８６７人

五月七日　木曜日　晴れ

二月にイベントで知り合った編集者から、何か書いてくれと頼まれていたのを思い出し、企画書をつくって、送る。編集者には、私に書いてもらいたいもののイメージを持ちながら依頼してくるタイプもあれば、まるっきりアイデアをゼロベースで考えるところから丸投げしてくる手合もいる。私はどちらも好きだ。条件や制約のある中で頭を捻るのも楽しいし、まっさらな白紙状態であれやこれやと考えるのもおもしろい。いずれにせよ、声をかけてもらえるうちが華の商売、頭と手が動くうちは、動かせるだけ動かそう。この段階の作業を、私は種まきと呼んでいる。もちろん、芽吹かない種もある。でも、それでよいのである。種を用意して、植えた感触は身体が覚えている。別の土地を探せばよいし、あるいは種を新たにつくりなおしてもよい。失敗を繰り返すのが、作家という商売だと、最近思うようになった。もっとたくさん、失敗しないといけない。

本日の新型コロナウイルス感染者数　日本全体　１０９人　累計１５４６３人
東京　２３人　累計４８９０人

五月八日　金曜日　晴れ

昨晩、寝酒でぐでんぐでんになり、作業部屋の布団に沈み込もうとしたら、スマホが鳴り響く。別室で寝ているはずの妻である。電話に出ると、「助けて」と悲鳴が。返事するよりも先に、部屋を飛び出し、妻の寝室へ走る。ベッドの上で布団を剥いだ妻が息も絶え絶えに「足、足が、攣《つ》って……」。ベッドに乗り上げて、妻の右足をそっと掴む。足首あたりからふくらはぎを上に向かって、こするように揉んでいく。「違う、左足」、そうか、そっちか、確かに右と比べて浮腫《むくみ》がひどいように見える。かかとを抑え、つま先のほうを持って、足をぐーっと折り曲げて抑える。アキレス腱を伸ばそうと私は考えた。力をかけすぎないように気をつけて、次は反対側に力をかけ、足の甲から脛《すね》にかけてを伸ばすように抑える。それから、足首をほぐし、ふくらはぎを揉み込む。五分ほどそれをやり、そして足裏のツボを探るように親指でギュッギュと押す。ツボなんて、私にはわからないが、どこかしら妻の苦痛を軽減してくれるところはないかと祈って押す。当てずっぽうの指圧は、でも、ちょっとは効き目があったのか、「そこ、気持ちいい。少し痛みが引いた」と妻が言ってくれた。狼狽える私を哀れんでの発言かもしれないが、私には、必死になるしかやることがない。攣っていないほうの足も同じようにマッサージをして、最後に妻が「ありがとう。あなたもお酒、飲みすぎないのよ」。

そして、今朝、目覚めて、トマトやチーズやパセリを載せたトーストを朝食につくってくれた妻に、私は謝った。「寝酒、控えるよ。いざ陣痛が来て、タクシーを呼んだときに、夫が泥酔状態じゃ、恥ずかしい」と言えば、妻は「そうね。本当に生まれるっていうときに、あなたが酔っ払っていて、生まれたての赤ちゃんに、顔を真赤にしながら酒臭い息を浴びせるのは、イヤかも」と言ってくれ、そうして「臨月になったら、本当に寝酒はやめてよ」と結んだ。

許しと戒めを私の臆病な心臓に刺してくれた妻のために、夜はがんばって料理をした。攣るのは、ミネラルの不足が原因だろうから、ひじきと大豆の煮物、サバの塩焼き、牛肉とニンジンを使った炊き込みご飯、小松菜と油揚げの味噌汁……いや、全部妻の教えてくれたレシピだ。私は、この人がいなけりゃ、何にも出来ない男なのかもしれないと、夕飯を食べながら思った。

本日の新型コロナウイルス感染者数　日本全体　８４人　累計１５５４７人
東京　３９人　累計４９２９人

夕飯の材料を買いに行くが、メモを忘れる。

野菜って何が必要なんだっけ？ 小松菜？ 了解！

買い物袋にメモを入れ忘れるとは。

二月に妻が買ったエコバッグ。折り畳めて、洗えて、容量も大きい。

ジュースも買おう。

妻の好きなオレンジジュースも、エコバッグがあればたくさん買える。

これで買い物は全部かな？ 何か忘れている気もするが……。

どうも、この頃忘れやすくなっている気がする。単調な生活のせいだろうか。私の精神が緩んでいるからだろうか？

五月九日　土曜日　曇り

午前中、掃除機をかけていたら、妻が「H社から出たあなたの本の書評が、新聞に載ったらしいわよ」と教えてくれた。Twitterで知ったらしい。先月出た、共同通信発の書評が数週遅れでどこかの新聞に掲載されたことかと思ったら、そうではなく、今日発売の毎日新聞だという。「へえ、そりゃ嬉しいな」と私は何でもないふうを装ったが、心は弾んでいた。なんであれ、自著を話題にしてもらって嬉しくないわけがない。

午後、妻と散歩へ。隣の駅まで線路沿いを歩く。曇り空だったが寒くはなく、散歩しやすい天候だった。妻の歩速は先月よりもさらにゆっくりとしたものになっていた。私も、それに歩調を合わせてのんびり歩くのに慣れてしまう。散歩は、これぐらい穏やかに歩くほうが、正しいのかもしれない。焦って身体を動かし、目的地へと急ごうとするのは、散歩の醍醐味を半ば捨て去っている。ゆっくりと動く空気を味わうことこそ、散歩なのかもしれない。

などと呑気でいられるのは私が妊婦ではないからで、隣町の駅に到着した頃には、妻は少々以上に苦しそうだった。元来、妻は運動が得意ではないし、好きでもない。大丈夫かと案じる私に、「別に、どこが苦しいというわけではないけれど……ちょっと疲れたわ」と正直に打ち明けてくれる。帰りは電車に乗ろうと提案。一駅分、電車に乗って、自宅の最寄り駅に到着する。混雑を懸念していたが、電車はとても空いていた。私たちの乗った車輌には、私たち以外に老婆がひとりいるきりだった。「この辺の土地の人は、みんな自粛しているのかもね」と私が言えば、「時間帯と行き先のおかげじゃないかしら。でも、これぐらい空いているのなら、安心ね」と妻。何が安心なのかわからなかったから、駅を降りてから訊ねてみると、妻は「散歩、同じところばかりで、もう飽きてしまったのよ。混んでない時間を狙って、電車で一駅、二駅程度の距離を移動して、知らないところを散歩してみたいなって思ったの」と、可愛らしい願望を語った。そんな希望を、叶えないわけがない。私は大げさに飛び跳ねて、「それ、最高のアイデアだ、やろう、そうしよう。電車とか、車とかを使って、どんどん知らないところを散歩しよう、あんまり遠出をしちゃうと危ないから、近場で、まだ歩いてないところを、探して、ね」とはしゃいだ。私も飽きていたのだ、同じところを散歩し続けるのに。緊急事態宣言の延長が数日前に決定したようだが、感染者数の増加も少しは落ち着いているようだし、散歩に、ちょっとぐらいの冒険を加味しても、大丈夫であるような気がしていた。

家まで帰る途中、コンビニで毎日新聞を買う。確かに私の本の書評が載っていた。今日は、悪くない一日だ。

本日の新型コロナウイルス感染者数　日本全体　102人　累計15649人
東京　36人　累計4965人

五月十日　日曜日　曇りときどき雨

妻は毎日体重と体温を測定している。ところが、体温計の電池が弱くなってきたのか、デジタル表記の数字が、霞むような、そんな不安定な挙動を示し出す。家に電池のストックはあるつもりだったが、体温計に使われるLR41というタイプの電池はなかった。午前中、コンビニやスーパーを自転車で巡って探し求めるが、これもコロナ禍のせいだろうか、どの店舗にも在庫は皆無だった。妻が不安そうな顔をし、私も焦る。午後の散歩で、家からだいぶ遠かったが、幹線道路沿いの大きい家電量販店まで向かう。

が、そこにもLR41はなかった。電池難民だ、ちくしょうめ！　昭和生まれのオッサンは売り場で心中密かに悪態をつくぐらいしかできなかったが、平成生まれの妻は冷静にスマホを操り、「百均で売っているペンライトに、LR41が使われているみたい。みんなそのペンライトを買って、LR41不足を解消しているらしいわ」と教えてくれた。

家電量販店からの帰り、何も遊具のない緑地に遭遇する。なんとか憩いの森との名を持つらしいその空間は、手入れの行き届いた草木があり、嬉しいことにベンチもあった。妻とふたり、腰掛ける。緑地の奥で、子どもがふたり、ラジコンのようなもので遊んでいる。「散歩のルートに、休めるスポットを用意したいの。そうしないと、途中で辛くなっちゃって」と妻が訴える。それはそうだ、ただ闇雲に動けばよいというものではない。妻のお腹はもう、とんでもなく大きく膨らんでいる。これを抱えて、トコトコ歩き続けるのは、もう、難しいというより、危険ですらある。「散歩する前に、ルートをよく考えて、休憩場所を決めておくようにするよ」と私は約束した。

帰宅後、自転車で駅近くの百均まで向かう。私は妻が教えてくれたペンライトを購入することに成功した。それには、確かにLR41が使われていた。この手の商品に最初から同梱されている電池には大した寿命が期待できないが、それでもきっと、妻の出産までは保ってくれるだろう。

本日の新型コロナウイルス感染者数　日本全体　９８人　累計１５７４７人
東京　２２人　累計４９８７人

五月十一日　月曜日　晴れ

昨日の散歩時の妻とのやりとりで、私には欲しい物ができた。地図である。妻と私の暮らすこの街の、ガイドマップのようなものがあれば、散歩のルートを、より楽しく安全に策定できるのではないか——というような私の提案は、妻にも受け容れてもらえた。「賛成。もうだいぶこのあたりは歩いてしまったから、ちょっと飽きていたの。地図があれば、知らないところも、行けるようになるかもしれないし」と言う妻は、「駅の、改札を出てすぐのところで、地図を配っていた気がする」とよい情報もくれた。

朝食後、皿洗いと玄関先の掃除を済ませたら、私は自転車で駅まで向かった。果たして妻の言う通り、行政の広報誌やバイト情報などのフリーペーパーに混じって、観光ガイドという名の地図が置いてあった。B2サイズの紙を折りたたんだ形状の冊子は、片面に区内にあるいろいろな史跡や公園、観光名所を紹介する情報が、その裏面には詳細な区の地図が、それぞれ印刷されていた。地図にはご丁寧に、緑で公園がわかりやすく示されている。私の願っていた地図そのものである。そっと一部頂戴し、ウキウキと帰宅した。

午後、私はリビングに地図を広げて、妻に力説した。「このバイパス沿いを歩いて北上してみよう。何もお店もないし、車でない限りは通らないような場所だけど、ほら見て、ここに公園があるんだって。たいして大きい公園じゃないが、ベンチのひとつぐらいあるだろうから、そこで休憩して、折り返すっていうルートはどうだろう?」と私が言えば、妻は短く「よさそうね」と同意してくれた。水やタオルを用意して、すぐに出発。空は青い。気温はかなり高い。三十度近くあるかもしれない。こまめに水分補給をしながら、バイパス沿いを歩き、やがて住宅街の中の道へそれる。小さな畑や、木立に囲まれたテニスコート、古いデザインの、だが瀟洒な雰囲気のある豪邸たち、静かな小学校……いろいろなものに出会う。小学校の外周をのんびり歩いていると、「近くの大きな交差点を、朝、小学生がどんどん通るでしょう? どこに小学校があるのかなって思っていたんだけど、ここだったのね」と妻が得心した風に言う。

まだ生まれてもいない子どもが小学生になる未来を想像して、胸が躍る。その頃にはもう少し作家として立派になっていたいとか、非常勤講師じゃなくて専任でどこかで教えていたいとか、子どもが物心つく頃には、借家ではなく、持ち家に住みたいとか。特に最後の点については強く願ってしまう。「なんとか、家を買いたいな、この子が小学生になる前に」と私が言えば、「私は別に、今のところ、好きだけど」と妻が優しく語る。けれども、意固地になった三文文士は首肯せず、「いや、一軒家を買ってみせる。そのうち、オレだって十万部ぐらい売れる本を書いてみせる、そうすりゃ……」と息巻こうとするも、タオルハンカチで額を拭う妻の、「公園は、まだなの？　ちょっと、苦しくなってきたわ」という言葉に、ドキリとする。地図によれば、もう少しのはず。「次の角を曲がったら、見えるよ……ほら、あった」と歩みを進めれば、百メートルぐらい奥に、背の高い木々に囲まれた一画を発見。よかった。あった。妻と、ゆっくり、公園に足を踏み入れる。誰もいない。生い茂る植物たちは、静寂が約束された無人の空間を我が物とするかのように、これでもかと枝葉を伸ばしている。新型コロナウイルスのせいで、公園の樹木を手入れする業者も、作業が滞っているのかもしれない。近隣の住宅からも、物音ひとつ聞こえてこない。遊具のひとつなのだろうか、コンクリートの円柱が集まった小さな丘の、一番低いところに妻は腰掛けて、ペットボトルの水を一口飲み、満足そうに、「静かね」と言った。ほんの少し、不気味な気配を勝手に感じた私は、救いを求めるように首を持ち上げて、常緑樹のツンツンした尖端から覗く空の青さを浴びようとした。さっきまでは汗ばむほどに暑かったが、公園に漂う空気はやけにひんやり。マスクを外したいと思ってしまった。

十分ほど休憩して、帰路につく。妻は、なんだか上機嫌だった。「近所なのに、まだ知らない場所があったのね」と言う妻に、私は「あのサイズの公園なら、区内に六百以上あるらしい。当面は退屈しないで済みそうだ」と返事をした。途中、コンビニを発見し、アイスを買う。

コンビニから離れた、空き地の側まで歩いて、周囲に誰もいないのを確認してから、お互い、マスクを外し、かぶりつく。「おいしい」と妻が言う。「なら、もう少し買えばよかったか。溶けちゃうかもしれないと思って、今食べる分だけにしたんだけど」という私の言葉に、妻は首を振る。「違うの。空気よ。アイスもおいしいけど。マスク越しじゃない空気を吸えて、スッキリしたの」。

そうか、空気は、こんな味だったのか。

忘れていた感触を、ひとつ、私は取り戻せた。

本日の新型コロナウイルス感染者数　日本全体　51人　累計15798人
東京　15人　累計5002人

外で食べるの？
たまにはいいだろう。こんなに暑いんだし。
ここなら人も来ない。
人通りがないことを確認して、ふたりでアイスを食べた。
シャク
わ、冷たくておいしい。
ペロ
すっきりする。
まったくだ。忘れていた感覚が、蘇ってくるような気分になるよ。なんだろう？
テク テク

呼吸よ、呼吸、きっとそれは。
ゴミはここに。
サッ
なるほどね、空気を吸う感覚か。
吸いたい空気が、たくさんあるわ。……我慢するけど。

五月十二日　火曜日　曇り

実家からマスクが届く。私の母親が手づくりしてくれた、布マスクである。ガーゼも同封されていて、それをあてがって使うよう、メモがあった。年明けの妻の采配によって潤沢にあった我が家のマスクも、さすがに徐々に数が減ってきていた。連日、散歩に繰り出しているのだから、無理もない。ありがたい仕送りである。他に、米や野菜も送ってくれた。すぐに、お礼を言うため妻が電話をする。私もその電話に出た。母は、元気そうだった。薬剤師である父は、在宅勤務というわけにもいかず、連日病院や薬局で働いているらしい。無茶はしていないか、身体を壊したりはしていないかと尋ねる私の言葉を母は軽く受け止めて済ませ、それから、強い口調で、私の妻の体調に最大限の配慮をするよう、私に命じた。「しっかり、守ってあげるのよ」と。自分たちのことより、妻のことが心配なのだろう。私と同じだ。

本日の新型コロナウイルス感染者数　日本全体　７６人　累計１５８７４人
東京　２７人　累計５０２９人

五月十三日　水曜日　晴れ

いつも、散歩の途中に、妻の姿をスマホで撮ることにしている。夜、大学の講義用映像を編集しようとしていたら、写真フォルダにあった、過去の妻の写真を、妊娠中の妻の変化を、じっと眺めてしまう。
　一月あたりから、もうお腹が出ている。二月、三月とそれはさらに膨らんで、四月、五月にはバスケットボールが一個ぐらい収まっていそうなほどに、大きい。時系列でゆっくり見ると、改めてその変化の凄まじさに呆気にとられる。同時に、妻の顔から、険しさがなくなっていくのも見て取れた。年明けあたりは、まだ不安の影が顔に落ちている。二月も強張った顔の妻ばかりだ。三月あたり、ちょうど妻の誕生日のお祝いで出かけたくらいから、妻の表情に柔らかさが増えていく。一月、二月のものは、散歩の途中で撮影したものではないというのも理由にあるだろう。在宅勤務となってからの妻は、確かに落ち着いてきた。一緒に過ごしていても、妻が不安に怯える様子を、あまり、否、ほとんど見なくなった。きれいになった、とも感じた。膨らんでいくお腹と対象的に、妻の顔立ちはほっそりとしてきた。それでいて柔らかい眼差しが増えているからか、とても、美しい。モニターに映る妻を見続けていたら、しばらく私は仕事に戻れなかった。

本日の新型コロナウイルス感染者数　日本全体　150人　累計16024人
東京　10人　累計5039人

五月十四日　木曜日　晴れ

夕方、神社でお祈りし、夕飯の食材を買って帰る。部屋が暗いのでどうしたのかと思ったら、妻が寝室で横になっていた。「大丈夫か？　どこか具合が悪い？」と訊くと、「少し、疲れてしまって。入院用のバッグを準備しようとしていたのだけど」と妻が起き上がり、小さな声で言う。いざ出産するぞとなったとき、出産およびその後の入院生活に必要なものを大きい鞄につめていたのだという。来月でも間に合うのではと思ったが、万事に慎重な妻のことだから、何かあったときに備えて準備をしておきたかったのだろう。夕飯の支度が終わるまで休んでいてくれと頼むと、妻は無言で再び布団にくるまった。

夕食後、体重測定を終えてカレンダーに数字を書き込もうとしていた妻を、後ろから抱きしめてしまう。「昨日、君の写真を見ていた。今まで撮影した写真を。君はとてもきれいになったと思う」、センスも脈絡もない私の言葉なぞには、今更動じない妻である。静かに「この頃ね、不謹慎だけど、この状況に、少し安心しているの」と言葉を投げ込んでくる。黙って耳を傾ける。「二月からあなたが在宅勤務になって、三月からは私も家にいられるようになって、ふたりで過ごせる時間が増えて、よかったのかもって。あなたが臨月になっても会社に出かけていたら、私、どこかで不安になって、イライラしちゃったかもしれないから」という妻の言葉は、しかし、明らかな間違いを含んでいた。「そうなったら、不安でパニックになったのは、オレのほうだったろうね。外に出ている間に、君が転んだらどうしようとか、君がもしひとりで買い物や用事で外に出ることがあって、そのときになにかアクシデントがあったらと思ったら、とてもじゃないが正気じゃいられなかった。君は安心していると言ったが、オレはそんなもんじゃない。オレは、コロナに感謝している。コロナのおかげで会社に行かずに済み、妊娠中の君と四六時中一緒にいられるようになった。コロナがなければ、オレは心労で発狂したか、そうなる前に会社に辞表を出していたか、だ」と、私が語気を荒げれば、妻は短く、「そうね、そうかもね」と語った。

本日の新型コロナウイルス感染者数　日本全体　５５人　累計１６０７９人
東京　３０人　累計５０６９人

五月十五日　金曜日　曇り

妊婦健診の日。いつものように義父に車を借りて、産院へ。妻を送り届けた後、近くのホームセンターで、飲料水を箱買いする。お茶、水、炭酸水をそれぞれ二ダースずつ。戻ると、今日は空いていたのか、妻は既に診察を終えた後だった。

車に乗り込んだ妻がエコー写真を見せてくれる。「もう二千三百グラムもあるの。ほら見て、これが目で、鼻で、唇」。目を凝らす。確かにそこには目、鼻、口がちゃんとわかるように映し出されていた。「三十四週目でこのサイズってことは、なかなか大きい赤ちゃんになるのかな？　まあ、それだけお腹が大きいんだから、そりゃそうか。順調なの？」と私が問えば、妻は力強くうんと言ってくれた。「体重は、エコーだと、だいたいしかわからないみたい。実際にはそれより大きいことも小さいこともあるんだって。でも、経過は順調ってお医者さんが言ってくれたわ」と語る妻は、元気がよさそうである。

エンジンをかけ、出発。「よし、何か食べたいものはある？」と聴くと、「カレー」。妻にしてはまあまあ珍しいリクエストのようにも思えたが、妊娠も後期となって、体調の変化が味覚の変質を促しているのかもしれない。

妻と私が外食をしたのは、三月に産院のある街の駅前のファストフードでのランチが最後である。以来、私も妻も外食を一切していない。たまにテイクアウトのお弁当など買うが、基本的にはずっと自炊である。

だから、外食を避けつつ、カレーを希望した妻のリクエストを叶えるために、私は古い記憶を探った。戸田か、西浦和のあたりに、カレーのドライブスルーがあったような気がしたのである。ドライブスルーであれば、下車せずに済む。産院から北上し、荒川を越えて国道十七号に入る。渋滞しているだろうと思ったが、予想に反して空いていた。速度をあまり出さず、道沿いに見える店をチラチラ確認しながら大宮方面へと車を進めていると、妻が「あのお店ね？」と前方を指差す。あった。記憶は正しかった。店舗の裏側へ車を回し、メニューの書いてある看板の前で、注文し、しばらく待って、お金を払い、受け取る。「運転しながらは、食べないでしょう?」という妻に、もちろんとうなずいて、見晴らしのよいところでも探そうかとも思ったが、うろちょろしているうちにカレーが冷めてもつまらない。結局、その店の駐車場で車を停めて、食べることにした。ムワッとカレーの香りが車内に充満する。「君は助手席で食べろ。オレは外で食べる」と言い、車を出た私は駐車場の片隅でカレーを頬張った。野天のカレーは、ひどくおいしかった。外の空気は、人間の味覚を刺激するものなのだろう。多分、私の肉体は、ここ数ヶ月の空気に飽きていて、新しい外の空気を欲している。だが、まだ大丈夫。肉体の欲望を、私の理性は今のところ、抑え込み続けている。

本日の新型コロナウイルス感染者数　日本全体　114人　累計16193人
東京　9人　累計5078人

五月十六日　土曜日　雨

どうやら、新型コロナウイルス感染者数は、減少の傾向にあるらしい。これで緊急事態宣言が解除になれば、現在は妊婦本人以外の来院を禁じている産院も、その対策を緩和してくれるかもしれない。

「立ち会い出産できるとなったら、する?」と妻が質問してくる。私の答えは決まっていた。

「したい。君がそれを望むなら、だが」と言えば、妻は冗談めかして、「あなたがしたいなら、立ち会ってほしいけど、心配だわ。血がたくさん出るのよ、大丈夫？　ショックであなたが倒れても、誰も構ってはくれないわよ？」と脅してくる。私の嫌う血は、フィクションのそれであって、現実の血は怖くない。物語の血は、その文脈に悲劇がある。物語上の合理性を帯びた残虐であったり、表現技法上の愉悦のための嗜虐であったり、そうしたつくられた悲劇が演出する血が、好きではないだけのこと。お産にまつわる血なんて、めでたいばかりだと思うから、怖くはない。だから「大丈夫だって」と言い張った。今はとにかく、このまま感染者数が減り続け、六月には産院が新型コロナウイルス感染対策の方針を変えてくれることを願い続けよう。

が、そうまとめようとした私に、妻が鋭く言葉を刺してきた。

「数字なんて、どうにでもなるわ。大切なのは、この子と、私」

その言葉を聞いた瞬間、私は妻の覚悟の本質を知った。覚悟に対する精神の総量が、私とは比較にならないほど莫大であることを悟った。覚悟の練度が、凄まじい。覚悟の矛先が、純粋である。

負けた、と思った。

妻にとって、新型コロナウイルスに関連するありとあらゆる情報は、恐怖の対象でもなんでもない。それらは単なる数字であり、言葉であり、今この瞬間の妻にとっては意味のない雑音でしかない。

妻には、他の誰にも取って代わることのできない、なすべきことがある。それを妻は、私なんかよりずっと、強く強く自覚している。当人だから当たり前と言えばそうなのかもしれないが、しかし、恥ずかしいことに私はその背負っているものを、半分とまでは行かずとも、少しぐらいは一緒に手伝えているつもりだった。

だが、それは錯覚で、お腹の中で子どもを成長させ、かつ出産するというプロセスのすべてにおいて、妻は妻以外の何人たりともその役目が果たせないことを知っていた。

だから、ニュースや新聞やネットがいくら騒ごうとも、常に平然としていた。そうした外部のノイズに振り回されていては、一番大切なこと、最も専心すべきことが、疎かになってしまうと、驚異的な自制心で判断したのだろう。妻とお腹の中の子どもを不安にさせないように振る舞えるのは、お腹の中の赤ん坊に大丈夫だと優しく、強く語りかけることができるのは、地球上で妻以外にいなかったのである。私ではなかったのである。その事実を、鈍い私はようやく理解した。

ここ一ヶ月ほど、妻がスマホでネットをぼんやり眺める光景を滅多に見なかった理由も、そう考えるとよくわかる。不確定で不安定で不明瞭な情報を、わざわざ摂取する意味を、妻はかなり早い段階で切り捨てたのだろう。賢い人だと思った。私だって、情報に振り回されないように生きていたいと願う人間のつもりではあったが、職業柄、避けては通れないときもある。

書籍を編集したりつくったりする商売をしている以上、文化に関わる人々の発言には触れざるを得ないタイミングがある。だが、三月以降、そこでは、不平不満、誹謗中傷、諍い、罵り合い、呪詛の投げ合い……そんなものしかお目にかかれなかった気がする。情報とも呼べないような、言葉のクソ溜まりを覗き込む真似は、私を疲弊させた。黙れ、静かにしろ、私の身重の妻のために、未来の子どものために、自制し、自重し、自粛していろ、と胸中密かに激昂していた。が、その身勝手な憤怒自体もやはり滑稽であり、目クソ鼻クソを笑うというか、無意味なことだったのかもしれない。少なくとも、妻からしてみれば。

午後、雨の中を、妻と私は短い散歩に出かけた。マスクをして歩き、コンビニでアイスを買って、買い物袋にしまい、帰宅し、手を念入りに洗い、うがいをしっかりする。何度も繰り返してきたことを、また繰り返す。

そうやって、一日、一日を乗り越えるより、他に戦う道はない。

妻は、今日も静かである。

本日の新型コロナウイルス感染者数　日本全体　４４人　累計１６２３７人
東京　１４人　累計５０９２人

五月十七日　日曜日　晴れ

昨日の肌寒さからすると、今日は本当に暑い一日だった。昼食後、電車で一駅分だけ移動して、そこから初めて訪れる公園を目指して、妻と散歩をする。途中、起伏の多さに妻と驚く。公園に到着して、休憩し、それから、また違う道を通って駅まで戻る。

道すがら、建売販売中の新築戸建のブロックを通る。閑静な住宅街の一画にあり、草木を活用した敷地を隔てる塀のデザインがよく、駐車場や玄関までの導線なども狭苦しくなく、建物自体もせせこましさを感じさせない堂々とした雰囲気を持ち、壁の色も明るすぎないグレーで、広々とした丈夫そうな窓とスリット状の小窓のバランスなども現代風で、ステキ。

悪くない、広さもちょうどよさそうだ、などと妻も私も肯定的な評価を与えようとしたが、区画の入り口に展示されていた図面と、そこに付された価格を見て、絶句する。「いや、しかし、狭いよ。通りも入り組んでいるし、よくない」と私、「そうね、駅からもちょっと遠い気がするし」と妻。お互い、笑い合う。

本日の新型コロナウイルス感染者数　日本全体　４８人　累計１６２８５人
東京　５人　累計５０９７人

私は建売住宅の広告チラシが大好きだ。

おお、これすごい。駅徒歩五分、4LDKで庭付きで、アイランドキッチンまである！

チラシ
さっきの散歩で、現実を知ったでしょ。そんな物件、買えるわけがないわ。

まあね。でも、想像するだけでも楽しいもんだよ。

妻と子どもがいて、広いリビングがあって、本棚をたくさん置いて、駐車場には車もあって……というありがちな夢を思い描くのが好きなのである。

五月十八日　月曜日　曇りときどき雨

激しい怒りで、腕が震えている。眠れそうにない。

理由は、S社の顧問弁護士から届いた封書のせい。

腸《はらわた》が煮えくり返りそうだったから、あえて日記には記さなかったが、S社の書き下ろし単行本作業は五月に入って完全に頓挫していた。担当編集者氏が寄越したゲラへの赤字に対して、私は修正できるところは精一杯修正したが、できないところはできないと突っぱねた。それが悪かったのか、担当編集者氏および、最初に私に本を書いてくれと頼んできたS社の社長氏も、私の電話に一切出てくれなくなった。既に完成した漫画部分や文章部分を、全て捨て去ってつくり直さねばならないような指摘をする編集者とは、これ以上一緒に仕事をしたくなかったので、担当編集者を変えてくれと頼もうと電話をしただけなのだが、出てくれない。しつこく電話をしていたら、ようやく「修正しろと言った箇所をなぜ修正しないのか、その理由を教えろ」と告げるメールが来た。冗談ではない。修正はしている。譲れないところは譲れないが、そちらの言い分が正しいと思える箇所は修正した。その旨を私は返信し、同時に「こりゃもう、S社からは出ないな」と薄々感じたので、印税も原稿料もいらないが、今まで作業した組版およびＤＴＰの作業料は支払ってもらえるのかどうか問い合わせた。

しかしながら、それに対する返事はなく、今日、一方的にS社の顧問弁護士から連絡が届いたという流れである。随分と乱暴な話というか、著者を馬鹿にした出版社もあったものだと呆れた。S社のような編集方針の出版社を私はよく知っている。かつて私が編集者として働いていたF社なども、まさにそうしたタイプの出版社だった。出版社および編集者は作家を完全にコントロールすべきというスタンスで、内容はもとより、タイトルやサブタイトルに至る細部まで、徹底して編集部主導で進めようとするタイプの出版社である。一編集者として述べるのであれば、S社やF社の名誉のためにも断言するが、そうした態度は、決して間違ったものではない。そうすることで生まれた名著はたくさんあるし、そうしなければそもそも生まれなかった本も山程ある。ただ、三流編集者の私は、常々「著者の好きなようにやらせればいいのに……めんどくせえ」と思っていた。理由はとてもシンプルで、編集部の主導でつくることで、悪くなる本もあると感じていたからだ。編集者の言いなりに修正して、かえって売れなくなる本だって、この世にはわんさかある。土台、ここ二十年以上、右肩下がりの業界なのだから、そんな世界に長く居座っていただけの人間が、やれ「これじゃ読者は納得しないよ」のようなセリフを吐いたところで、説得力はない。彼らが読者が求めるものを常に知っていたのならば、ここまで本や雑誌が売れなくなった現状を説明することができない。

そう考えているから、編集者の私は、著者に何かを言うことを滅多にしない。相談されない限りは、プロットやネームに口を挟むことはない。「あれ、前のページでは右手にグローブをしていたのに、このページでは左手になっていますよ?」とか、「この章では十九世紀後半と書いているが、前章では十九世紀末と表記しています。どちらかに統一しますか?」とか、そんな簡単な事実正誤の確認ぐらいしか指摘しない。編集者にビシバシ意見を言ってもらいたいと思うような著者さんからすれば、物足りない編集者と受け止められるだろうなとは思う。が、私は私のやり方が間違っているとは思わない。理由はふたつあり、ひとつは前述のように「編集者が著者に意を曲げさせて原稿を書かせる」ことをしてもよい内容になると(少なくとも私は)断言できないからであり、もうひとつは「たいした報酬でもないくせに大幅に原稿を書き直させる」ことの労働としての適正性を私が疑問視するからである。

昨年の打ち合わせ中にS社から口頭で言われた報酬は、十パーセントの印税の八割を刊行月の翌月に支払い、残りを半年後の実売部数に応じて支払う(取次からの返本状況を見て、返本が多そうなら残りの印税は支払われない)というものだった。三文文士としてはよくある契約条件なので、その数字に不満はまったくなかったし、今もない。先月あたりにS社からは初版は三千部で千五百円程度で考えていると教えられた。つまり、三十六万円(から税金を引いた額)が確実にもらえる収入という計算になる。実のところ、その数字にも不満はない。半年近く手を動かしてその金額では他の作家さんに笑われてしまうだろうが、所詮、それが私の評価であるし、私自身、売れようとあまり思っておらず、その分好きなように本を書かせてもらおうと考えているため、何も問題はない。

ただし、限界はある。書いた原稿をかなりの部分捨てて、新たに書き直せというような指示は、断じて受け容れられない。原稿料があるわけでもなし、私は完全に印税だけを頼みに、書き下ろしの単行本仕事として、手を動かしてきた。スケジュールを計算して、貧しいなりに時間単価を計算して、仕事をするのである。その計算が狂うのは、拒否したい。これ以上、S社のために時間は割けないと思ったのである。

弁護士からの書面には、私の問い合わせた「組版やＤＴＰに関わる費用は支払ってもらえるか」という問いかけに対して、できない旨が簡潔に記されていた。私の単行本仕事は業界でもかなり特殊なやり方で、組版のデザインを著者である私自身がやる。ＤＴＰ作業も私が担当する。あるページに文字や絵をどのようにレイアウトするか、文章をどこまで該当ページにおさめるか、私の表現を視覚的な意味においてどのように読者に提示するか……などを完全に私がコントロールしたいから、というのがその作業の理由であるが、弁護士氏によれば、すなわちS社の見解によれば、「今回の単行本企画にあたって、組版のデザインやＤＴＰなどは川崎昌平に依頼などしていない」らしい。

S社の社長に会おうと言われ、何か書いてくれと頼まれ、私が企画を立案し、叩き台の原稿も用意し、組版のデザインも私がして、すべてをS社の社長および担当編集者は確認し、ゴーサインを口頭でもメールでもくれて、そうして作業を進め、原稿執筆、漫画作成、本文デザイン、カバー周りのデザインラフ十五案の作成、ＤＴＰ作業の完遂……と仕事をしてきたが、S

社からすれば、すべて私が勝手にやったことなのだそうである。そうして、私の電話にも出ず、修正に対する私の意見も聞かず、一方的に弁護士を窓口に立てて、終わり。怒りでどうにかなりそうだったし、こんな連中と半年近くやりとりしてしまったことによる失った時間、その経済的損失を思い浮かべ、叫びたくなった。その時間を妻のために使えば、もっと楽しいコロナ禍生活が過ごせたかもしれない……と思うと、悔しくて仕方がなかった。

訴訟も考えた。少額訴訟ぐらいなら、法律の知識の少ない私でもどうにかできそうである。が、そうしたことを一頻り考えて、結局よした。弁護士を立てたらビビったんだなと先方から思われるとすると大変シャクだが、今回の件は、私とS社、相互の編集哲学のぶつかり合いという見方もできる。「著者は編集者および出版社の意見に従うべきだ」とするS社と、「出版社の言いなりに手を動かすのが著者なのではない」とする私が、どちらも折れなかっただけの話。半年の稼働で収入ゼロは腹立たしいが、今は、我慢しよう。コロナ禍における私の最大の変化は、ゲンを担ぐようになったこと。運不運の相関を信じるようになったとも言える。ここで惨めな目を味わっておけば、後でよいことが起きるのだと思うことにした。よいこととは言うまでもない、妻の安寧と、子どもの無事の誕生である。それと引き換えられるのなら、我慢できる。コロナ禍の鉄則、それは耐え忍ぶこと。

本日の新型コロナウイルス感染者数　日本全体　20人　累計16305人
東京　10人　累計5107人

五月十九日　火曜日　雨

一晩寝たら、憤怒の情も癒えた。いや、心底では燻《くすぶ》っているが、今はあんなつまらないことにかまけている場合ではない。昨晩、寝床に潜る前に、これでもかとトリスウイスキーを飲んでから、日記を読み返してみたのである。妻のため、子どものため、私は生きると、自分に酔いながら、鼻息荒く、あれだけ語気盛んに宣言していたではないか。

とことん、ナルシストで行け、川崎昌平。

崇高な使命感に駆られて生き抜け。

コロナ禍を戦い抜く孤独な戦士を気取り続けろ。

どうやら日記には情緒を整える働きがあったらしく、起きた私は、朝食後、すぐにスーパーへと自転車を漕いだ。日中、会社の仕事を久々にやり、いくつかのテレカンをこなし、たいした労働量でもないくせにやりきった感覚に満たされていたら、台所からよい香りが。「野菜、たくさん買ってきてくれたから。あと、新しい炊き込みご飯に挑戦してみたの」という妻の考えた献立は、ジャコとニンジンと油揚げの炊き込みご飯に、大根と豚バラ肉の中華風煮付け、それから玉ねぎと豆腐の味噌汁に、冷奴。「ごちそうだ！　ありがとう！」と私が喜べば、妻は真顔で「しっかり食べましょう。食べて、元気になりたいの」と言う。これ以上のない、正解だ。笑顔でモリモリ食べる。炊き込みご飯、かなり美味。コロナ禍にあって、妻も私も、料理のレパートリーがかなり増えている。今後もこのペースを維持していきたい。

本日の新型コロナウイルス感染者数　日本全体　６０人　累計１６３６５人
東京　５人　累計５１１２人

五月二十日　水曜日　曇り

先週実家から送られてきた野菜の中に、カボチャがあったので、今日はカボチャの煮付けに妻が挑戦してくれた。夜の献立は、カボチャの煮付けと、昨日の残りの大根と豚バラ肉の煮付け、キャベツの味噌汁にほうれん草のおひたし、それからご飯。妻は妻の嫌いな納豆をネギ入りで、私の分だけを用意してくれた。今日も美味。

夜、新作の漫画の構想を練る。たまには、こう、目的意識から解放された、自由でのびのびしたストーリーをつくってみたい。理論が先行するのではなく、読者の感性が最初に刺激されるような、その上で深みのある読解を導くような、そんな漫画を……と願ってみるが、ちっともアイデアが出ない。私は、作家に向いていない。よい頃合いだし、いっそ辞めるか。

本日の新型コロナウイルス感染者数　日本全体　２０人　累計１６３８５人
東京　５人　累計５１１７人

五月二十一日　木曜日　曇り

Ｆ社の広報担当の方から、四年前にＦ社から出版し、二年前に韓国で翻訳出版された私の本が、重版出来になったと連絡をもらう。

その本は現代における批評性をいかに担保するかについて、私なりにまとめたものであったが、本筋は日本語の文章表現に関する私の思索をあれこれと述べたものであり、当初は韓国語に翻訳したところで、日本語表現に関する記述は意味を成さないのでは、とどのつまりちっとも売れやしないのではと案じたのだが、どうやら杞憂だった様子。一年足らずで三千部を売り切り、新たに千部ほど増刷することにしたらしい。Ｆ社の初版刷り部数は二千五百部で重版はしていないから、してみるとこの本は韓国のほうが読者が多い計算になる。韓国の読者がどんな感想を抱いたのか知りたいなと一瞬思ったが、ハングルはちっともわからない。十年以上前に、韓国のニュース番組からインタビューされたり、韓国の新聞に記事が掲載されたりしたのだが、そうした過去も多少なりとも寄与しているのかしらん。もうちょっと、隣国に関心を持たねばと思った。

本日の新型コロナウイルス感染者数　日本全体　３９人　累計１６４２４人
東京　１１人　累計５１２８人

五月二十二日　金曜日　雨

午前中、散歩のついでに妻の実家に立ち寄り、その際にとても高級な牛肉をわけてもらう。帰宅後、調理方法についてしばし議論をした後、「シンプルにそのまま焼いて食べるのはどうかしら」という妻のアイデアが採用される。夕食は、塩コショウと少しの醤油で味付けした焼いた牛肉に、火を通したもやしを添えたもの、炒めたジャコと水菜のサラダ、味噌汁、ご飯。お肉、大変おいしかった。

夜は小説を書く。依頼された原稿ではない。ＳＦというか、近未来アクションというか、読んで胸がスカっとするようなエンターテインメントを書いてみたいと急に思い立ったのである。構想は前からあったので、サクサク筆が進む。あっという間に原稿用紙三十枚程度書き上がる。読み返す。まあまあ、おもしろいように読める。でも、私の小説は、この日記と同じで、読者を置いてけぼりにしがちなところがある。読者よりも私が楽しむために書き連ねてしまっているのかもしれない。これでは、世には出せまい。買ってくれる版元が思い浮かばない。懸賞に出してみようかとも思ったが、やめておこう。もっと、もっと、書きたい。

本日の新型コロナウイルス感染者数　日本全体　８９人　累計１６５１３人
東京　３人　累計５１３１人

五月二十三日　土曜日　曇のち晴れ

　妻との散歩、今日は電車で二駅離れた街まで出向き、徒歩十分程度のところにある神社を目指す。ガイドマップによると、樹齢九百年を超えるというケヤキの巨木があるらしい。雲の狭間から顔を出す青空の下、軽い高低差の続く道を、ゆっくり歩く。

　迷わず神社に到着する。お参りをしてから、ケヤキを見る。確かに大きい。というか、太い。天を衝く高さという印象はないが、その太さに見入ってしまう。「ケヤキって、こんなに太くなるものなのね」と妻、「なんか、逞しさを感じる」と私。傍らに設置された由緒書を読むと、八幡太郎源義家が、後三年の役のために東北に向かう途中、この地に立ち寄って戦勝祈願をした云々と書かれていたので、拝んでおく。

　夜は、散歩の途中の、海外の食材を手広く扱うお店で買った、ビビンバのもとを使ったお手軽料理。炊いたご飯に混ぜるだけと説明書きにあったのでその通りにしてみたが、食い意地の張った私が、具材に対してご飯を入れすぎてしまったせいで、なんだか薄味のビビンバになってしまった。

本日の新型コロナウイルス感染者数　日本全体　２３人　累計１６５３６人
東京　２人　累計５１３３人

妻も私も、「完成された時間経過」を感じさせるものを
前にすると、美術品のように鑑賞してしまう癖があった。
白髪一雄の絵のようだ。強そう。
生きた歴史を感じる。
ディテールって、やっぱり時間が育てるものなのね。

五月二十四日　日曜日　晴れときどき曇り

今日の散歩は、妻の実家をベースキャンプとして、隣の区をうろちょろする。住宅街を練り歩いていたら、途中、学校を発見した。「中学校かと思ったら、違ったわ。都立高校ですって。なんだか、緑に囲まれて、素敵なところね」と妻が感想を漏らす。静かな環境は確かに上品にも感じられた。

が、静か過ぎる気もする。日曜日だから高校生がいないと言えばそれまでだが、それにしたって静寂が強すぎる。「部活とかも、できていないのかもしれないわね」と妻が冷静に分析する。なるほど、そうかもしれない。妻と私はじっと忍耐の日々を過ごしているが、元気が溢れる年代のはずの高校生にも、それを押し付けるのは、いささか以上に不憫な気がした。だからといって私にはどうすることもできないが。

夜は、妻の実家でごちそうになる。義父も、義母も、妻と妻のお腹の子を、とても慈しみ、かつ案じてくれている。それから、生まれてきた後のことを、あれやこれやとにぎやかに話し合っていた。この人たちのためにも、もう少し、踏ん張って生きようと思った。

本日の新型コロナウイルス感染者数　日本全体　１４人　累計１６５５０人
東京　１４人　累計５１４７人

五月二十五日　月曜日　曇り

本日、緊急事態宣言が、解除された。夕方から、テレビのニュースを妻と見る。当たり前だが、パッと元通りの社会に戻るわけではなさそうである。いや、元通りなんて、もう無理なのだ。私は変わった。いや、根っこの部分では私は私のままかもしれないが、思考は慎重に傾き、行動は鈍重に染まり、表現は過重に走るようになった。もとより明確な指針を掲げて手を動かす性質ではない。環境、状況、その時々の要因を楽しみながら、あるいは振り回されながら、生きてきた。流されながらも流され過ぎず流れたいように流れる、それが私だ。その経験則が、私に告げている。変化を拒むな、と。昨日と同じ生活が過ごせないからといって、悲嘆に暮れる必要は、少なくとも私にはない。不安もなくはないし、特に経済面においては我が家も苦境が予測されるが、泣き喚いたところでお金が湧いてくるわけでもない。

日常においては、今まで通り、外出時はマスクをして、帰宅時は手洗いうがいをしっかりして、よく食べ、よく寝て、丁寧に、注意しながら生きるだけだ。無事に子どもが生まれるまでは、緊急事態宣言下と同様に過ごそう。

本日の新型コロナウイルス感染者数　日本全体　３１人
累計１６５８１人　東京　８人　累計５１５５人

五月二十六日　火曜日　曇り

夜、ランニングをする。日中も妻との散歩で軽い運動をしているつもりではいるものの、やはり身体の重さはどうにも消えない。三十分ほど、自分としてはそこそこのハイペースで走ってみる。が、川沿いの道に出て少し走ると、膝が笑い出した。そこからは歩いて帰る。無理をしたいが、身体が無理についていかない。子どものためにも、もっと鍛えなければ。

本日の新型コロナウイルス感染者数　日本全体　４２人　累計１６６２３人
東京　１０人　累計５１６５人

五月二十七日　水曜日　曇り

夕食後、皿洗いを済ませ、風呂を磨いてから、今夜もランニングに出かける。昨日よりはスローペースで走る。それにしても、マスクをしたまま走るというのは、なかなか苦しい。でも、すれ違った何人かのランニング上手たちは、みんなマスクをしていた気がする。マスクをしながらでも、うまく走る呼吸法があるのかもしれない。

本日の新型コロナウイルス感染者数　日本全体　２８人　累計１６６５１人
東京　１１人　累計５１７６人

夜のランニングが好きだ。昼間は走ろうと思わない。
ドス
ドス
金曜までにネームをして、週明けにペン入れをやって。
フウ
フウ
企画書もつくりたい。
走りながら、作家仕事のことを考える。スケジュールの整理をしたり、アイデアを練ったり。
来月号の展開、どうしようかな。ガラッと視点を変えてみる？　うーん。
ヒイ
ヒイ

わ、ガスタンク。夜だと迫力あるな。

結構な距離を走っちゃった。そろそろ戻らんと。
ハア
ハア
夜のランニングは、彷徨っちゃうのが難点だな。楽しいけど。
いつも、コースは決めずに、気の向くまま走る。行き過ぎた、と感じたら、家を目指す。

五月二十八日　木曜日　晴れ

非常勤講師をしているS女子大学から、緊急事態宣言解除を受けての連絡があり、予想していたように、前期はすべてオンライン授業になるとのこと。映像を用意し、資料をつくり、それらを学内サーバーにアップして……といった一連の工程を引き続き学期末までやらねばならぬと確定したわけである。覚悟はしていたが、心理的疲労は小さくない。だが、いよいよかわいそうなのは学生だ。講義だけでなく、ありとあらゆる学内行事が中止となったわけだから、学び舎に集えないつまらなさ、味気なさ、それらを想像すると、どうにもやり切れない。

我慢を強要するからには、忍従を重ねた先にある幸福な未来像を提示しなければならないと思うが、彼らにどんなビジョンを見せてやれるのか、私はまだ手探りである。

本日の新型コロナウイルス感染者数　日本全体　32人　累計16683人
東京　15人　累計5191人

五月二十九日　金曜日　晴れ

妊婦健診の日。エコー写真のアングルが、頭部を下から仰ぎ見た画角となっており、赤ちゃんの鼻の穴までよく見えた。二千七百八十四グラムあるとのこと。病院から出てきた妻の報告に耳を傾けながら、大きな赤ん坊だなと思う。「もう、いつ生まれてきてもおかしくないのよ」と妻に告げられ、どきりとする。ふわっとした期待と希望だった子どもの誕生が、ついに間近に迫り、嬉しくなると同時に、まだその覚悟、新たな家族を迎え入れる精神の準備が整っていない自分を発見し、ハンドルを握る手に力がこもる。無事に生まれてきてくれますようにと神様に祈り、妻の身体の心配をし続けていればよいだけの時期は過ぎ去ろうとしている。赤ちゃんが生まれてくる現実と、向かい合う時間がスタートする。

本日の新型コロナウイルス感染者数　日本全体　３６人　累計１６７１９人
東京　２１人　累計５２１２人

五月三十日　土曜日　晴れ

妻が大学時代の友人と、オンラインご飯会。私も面識のある方々だったので、ちょっとだけ顔を出す。皆さん、元気そう……に見えたが、コロナ禍ならではの仕事での苦労が多いらしく、言葉の端々に疲労の色が浮かんでいた。コロナのせいで受注していた仕事がなくなったり減ったりしたとか、在宅勤務が奨励されているはずなのにどう考えても急を要さない会議で頻繁に出社しなければならないことがあるとか、大変そうである。四月、五月と専守防衛の思想で出歩かず、他者との交わりを絶って生きてきた観のある私だが、こうしてネット経由とは言え、人の肉声に触れるのは、よいものだと思った。刺激になる。社会が、決して妻と私のふたりきりで構成されているのではないという、ごく当たり前のことを確認できた気分になる。
夜、妻がパスタを食べたいというので、ナポリタンをつくる。そこそこ、おいしくつくることができた。タマネギが新鮮で、それからウインナーをたっぷり使ったのが、よかったのかもしれない。

本日の新型コロナウイルス感染者数　日本全体　８５人　累計１６８０４人
東京　１４人　累計５２２６人

五月三十一日　日曜日　曇り

昼食後、妻と映画を見る。タイトルは『家族ゲーム』（森田芳光監督、一九八三年公開）。私は原作の小説を読んだきりで、長渕剛が出ていたドラマも、松田優作が出演しているこの映画も、見たことはなかった。いつものようにカフェインレスの紅茶とコーヒーを用意して、鑑賞。短い言葉と真っ直ぐな演技が印象的だが、決して直線的な理解を強いる種類の映画ではないところが、スッと胸に落ちて、おもしろかった。二十代の頃、家庭教師をしていた自分を思い出した。

そういえば、四月の上旬に、その教え子からTwitter経由で連絡をもらっていたのを思い出す。K大学の文学部を、どうにか卒業できたと報告してくれた教え子は、目下のところ、就職活動に励もうとしているものの、コロナ禍とあってままならぬ、ひとつ先生にお会いして活を入れてもらいたい云々と書いてくれていた。在学中に就職先を決めていないあたり、師の薫陶をこれでもかと受けている。適当に返事をしてしまっていたが、緊急事態宣言も解除されたことだし、無事に子どもが生まれたら、会って酒でも飲みたい気もする。

本日の新型コロナウイルス感染者　日本全体　４７人　累計１６８５１人
東京　５人　累計５２３１人

六月の日記

六月一日　月曜日　雨

朝、燃えるゴミを出す。小雨が落ちて、やや肌寒い。

妻が少し気持ち悪いというので、午前中は横になっているように言う。私もなんだか頭が朦朧としていて、二度寝をしてしまった。午後もほとんど手を動かさず。会社の仕事も、自分の仕事も、今日は放擲。枕元に積んでおいたライトノベルなど読んで過ごす。

本日の新型コロナウイルス感染者数　日本全体　３３人　累計１６８８４人
東京　１３人　累計５２４４人

六月二日　火曜日　曇り

遅く起きて、遅い朝食兼早めの昼食。おじやをつくり、妻と食べる。食べながら、テレビの情報番組など見てしまう。新型コロナウイルスの感染者数の推移、その拡大が、落ち着いてきたらしい。「数字のための、数字よ」と妻は言う。同感だった。たくさんの人間を調べれば、たくさんの感染者数になるのだろう。調べてほしいと願う、あるいは調べなければならないと考える人間が少なければ、感染者数は増えないのだろう。

コロナ禍の初期こそ、妻が罹患して、妻やお腹の子どもに何かあったらどうしようと、暗い未来を想像して不安に駆られていた私だったが、最近は考えが変わった。なすべきは、恐怖に陥り、神経を磨り減らし、衆愚に阿り政府の対策やら行政の対応やらに不満を捲し立てる——ことではない。この状況に、この変容に、この時代に、逃げずに真正面から向き合う、いや、組み合うことなのだと思っている。

もちろん、私も、そして妻も、新型コロナウイルスをただの風邪だとは思っていない。世間やマスコミが騒ぎ過ぎだとも考えていない。多くの人々が感じているかもしれない恐怖を侮るつもりはまったくない。

一方で、新型コロナウイルスを戦慄すべき対象とも考えなくなった。無論、私に医学の知識や見識はない。だから、新型コロナウイルスを確固たる科学的根拠をもとに恐るるに足らずと断じているわけではない。

無論、病気は怖い。だがそれ以上に怖いのは、厳然とそこにある空気である。空気からは逃げられない。空気に対して、過度に思い煩っても、無闇に悩み苛まれても、精神を傷めるだけだと私は知っている。空気に心を殺されないためには、まずそれを肯定する必要がある。好悪の情はスパッと切り捨て、純粋にただその存在を認める。あるものとして否定しない。そうして、正面からちゃんと向き合い、逃げずに、組む。油断せず、最大限こちら側がやれることをきちんとやった上で、正対するのである。このあたりの塩梅は、まったく柔道と同じだ。相手を認め、逃げ腰にならず、堂々と、真正面から組み合う。そうしたほうが、得るものが大きく、失うものが少なく済む。柔道、私はてんで弱かったが、その基本を守り続けたおかげで、怪我を一切しなかったし、二段の段位をもらえる程度には上達できた。

対コロナ禍という長期間の戦いも、私は柔道のつもりで臨んでいる。相手はよくわからないが、とりあえず世界中の社会に影響を及ぼすとてつもない存在であるらしい。となれば、侮らず、手洗い、うがい、マスクに、栄養、そして睡眠……できる備えをできる限りやって、油断せず、組み合おう。

この先、結果がどうなるかはわからない。妻と私の自粛っぷりからすれば、現状は感染を避けられそうな気もするが、新型コロナウイルスのほうが、もっと豹変して、凄まじく暴力的な威力を持つものに進化するやもしれぬ。だが、仮にそうなる可能性が万にひとつあったとしても、私は今のスタイルを貫くつもりである。柔道がまさにそうだ。相手が自分より格段に強いとわかれば、恐怖はかえって危険を呼ぶ。萎縮して受け身が取りにくくなることがあるからだ。強い相手は技もうまいから、サクッと身を任せて投げられてしまえばよい。そうしたほうが、ダメージは少ないし、学びの機会もぐっと増える。

――などと偉そうに語ってみたが、さてどうなるか。ヨーロッパあたりでは、一時減ったと思われた感染者数が、また増えていく傾向にある地域などもあるという。東京も、そうなるかもしれない。妻も私も、今は静かに自粛を続けているけれど、子どもが生まれたら、また状況もガラリと変わるかもしれない。無知な私にはわからないことだらけである。でも多分、この無知が……私を守ってくれている。

本日の新型コロナウイルス感染者数　日本全体　４６人　累計１６９３０人
東京　３４人　累計５２７８人

六月三日　水曜日　曇り

夕食後、お茶を飲みながら（妻は白湯）、子どもの名前をどうするかについて話をする。「響きのよい名前に、したいわ」と妻。「それ、賛成。あと、あんまり凝った名前にはしたくない」と私。去年の暮れは、私も気持ちが奮い立ち、特に性別が男と判明してからは、何かこう、男らしい、気宇壮大な雰囲気のある、豪快な名前を考えてあげなければと、少ない語彙を探り探りしながら頭を捻っていたのだが（女の子だったら、きっと洒脱で、文学趣味丸出しの、凝りに凝った名前を考えようとして、やっぱりウンウン唸ったのだと思う）、冷静になってみると、名前は大切だけれども、名前で人生がガラリと変わってしまうことなど、そうはない。名より実が大事なのは当然であって、それは過去でも現在でも未来でも変わるまい。となれば、重荷にならない、恥ずかしくない、妻や私が呼びやすい、そんな名前を考えてあげればよいわけである。

二時間近くの話し合いの後、おおまかな方向性が定まった。難解な漢字を用いず、発音が容易で、それでいて愛らしさもある……と今の段階で親となる私たちがそう思えるような文字の並びを数種類、候補として挙げることができた。「後は、画数とかを調べてみて、それから、生まれた後に、決めましょう」と妻がまとめてくれる。

まだ候補段階ではあるが、それでも具体的な名前が見え出すと、妻のお腹の中にいる子が、途端に現実のものと思えてきた。いや、今だって十二分に現実ではあるのだが、その力強さが増した気がする。就寝前に、妻のお腹を触ったら、思い切り、蹴られた。

本日の新型コロナウイルス感染者数　日本全体　５６人　累計１６９８６人
東京　１２人　累計５２９０人

六月四日　木曜日　曇り

昼前に、妻の実家にベビーベッドが届く。ベビーベッドを置く場所を整える手伝いをするために、私も妻の実家へ行く。

ベビーベッドは購入ではなく、レンタル。期間は半年間。組み立てたものを見ると、予測していたよりもずっと小さい。産後一ヶ月ほど、妻は里帰りをする予定である。妻の実家は、この2ＬＤＫのアパートよりずっと広い。そのせいかもしれないが、ベビーベッドがますます小さく見える。既に買っておいた布団を敷いてみても、小さく感じる。布団だけを買ったときは

「赤ん坊用って言ったたって、布団は随分立派なサイズなんだなあ」などと感じていたのに。

自粛続きであるため、赤ちゃん用品の大半を、妻も私もネットで注文した。ネット上で画像として商品を確認できても、現物の質感というか、物的な空間性は、なかなか体感しにくいものである（なにしろすべての商品が初めて買うものばかりだったのだから）。だから、購入した商品が届いてから、そのサイズ感や質感に驚く、という経験がこの数ヶ月、度々あった。

別に、不満というほどのことはなく、単に「へえ、本物は、こんな感じなのか」と新鮮な刺激を得る程度の話なのだが、ベビーベッドは私の勝手な予測をまるきり裏切る物質性を私に披露してくれたため、驚きを染める新鮮具合にも磨きがかかっていたのである。

――というようなことを語った私を、妻は笑った。「生まれたての赤ちゃんって、ほんとに小さいのよ。クリオネみたいな儚さなの」と言う。妻は姪っ子の生まれたときの姿を知っており、それを例に出して、このベビーベッドが十分なサイズであることを説明してくれた。

寝床ができると、そこで寝る赤子の姿が思い描ける。いよいよ、という気もする。妻も、同じように感じているらしく「予定日より少し早く生まれたとしたら、もう来週にはこのベッドの上で寝ているかもしれないのね、赤ちゃんが」と珍しく興奮した様子で話す。私も、胸が騒ぎだしていた。

本日の新型コロナウイルス感染者数　日本全体　３２人　累計１７０１８人
東京　２８人　累計５３１８人

ふう、組み立て完了。
ここに寝るのか。
そうよ。イメージできる？
少し小さすぎたかしら、ベッド。
大丈夫。ちょうどよいサイズだよ。

六月五日　金曜日　晴れ

妊婦健診の日。いつものように義父の車で産院まで妻を送る。いよいよ臨月ということもあり、妻は緊張した雰囲気で、産院へ入っていった。待っている間、車の中でパソコンを広げ、会社の仕事をいくつか片付ける。一時間ほどして、妻が戻ってきた。胎児は順調に育っている由。妻の貧血もだいぶ改善されつつあるとのこと。

久しぶりにスカッと晴れたので、ドライブと散歩を兼ねて、途中、昼食としてドライブスルーでカレーを購入し、荒川沿いの公園まで移動する。カレーを食べ、ゴミをまとめ、公園を移動開始。かなり広く、自然の豊かな公園である。好天ではあるものの、平日だからか、数組の親子連れしかいない。ポツポツと遊具のあるエリアを抜け、水分補給をしながら、荒川の分水のような水辺を歩く。妻が「マスク、外さない?」と言ってくる。確かに、誰もいないし、すれ違う人もほとんどない。「そうしよう」と私はうなずき、マスクを外した。

芝草の香りが、川の匂いが、喉に染み込む。空気を美味しいと、久しぶりに感じた。「スッキリする」と妻も嬉しそう。じっと家にいる妻も可愛らしいが、こうやって晴れた日に、外を、ゆっくりとではあるけれど、トコトコ歩く妻は、やはり愛らしい。新婚旅行で訪れたハワイの、ダイヤモンドヘッドを、汗ダラダラになりながら登る妻の姿を思い出した。

休み休み公園を巡り、一時間ほど散歩しただろうか、車に戻り、帰路へ。「子どもが生まれたら、また来たい」と妻が言う。「大賛成。キャンプもできるみたいだよ、ここ」と私が駐車場の脇にあった看板から得た情報を伝えると、「この公園なら、キャンプもよいわね。山とかないし」と妻が言う。息子よ、山は、パパとふたりで行こう。

本日の新型コロナウイルス感染者数　日本全体　４６人　累計１７０６４人
東京　２０人　累計５３３８人

六月六日　土曜日　曇り

昨晩、テレビでキウイのCMを見た妻が「キウイ、食べたい」というので、午前中にスーパーまで自転車を飛ばし、夕飯の食材と一緒にキウイも買う。昼食後、妻がキウイとヨーグルトを和えたデザートをつくってくれる。おいしい。「CMに影響されて、何かを欲しがるなんて、珍しいね」と私が指摘すると、妻は「たまには、こんなことしても、おもしろいでしょう」と言う。確かに、影響されてみるのも、おもしろい体験である。コロナ禍に流されまいとして、社会の騒乱に呑まれまいとして、意識に壁をつくり過ぎていたのかもしれない、特に私は。キウイと妻のおかげで、気疲れが少し解れた。

本日の新型コロナウイルス感染者数　日本全体　３９人　累計１７１０３人
東京　２６人　累計５３６４人

む。キウイってこんなにおいしいものだっけ?
!
心が軽くなる味だ。
スーッ
どうしてだろう。君の料理のテクニックのせい?
ヨーグルトと和えただけよ。きっと――
久しぶりに果物を食べたから、身体が感動しているだけよ。

六月七日　日曜日　晴れ

三駅ほど離れた駅まで電車で移動し、そこから小さな公園を目指して妻と散歩をする。選んだ公園に理由はない。長すぎず、短すぎない散歩の距離を選んだ結果、その公園に決まっただけのこと。

だが、特にどうということのない公園でものんびり歩いて向かうと、楽しい。静かな住宅街にも細かく表情があることを観察しては、精神と思考に新しい空気を注ぎ込む。昭和を感じさせるデザインの、古いが瀟洒な一軒家の玄関先を、満開の紫陽花が飾っていた。見たことのない強い青を誇る紫陽花で、その色味の強さに、うっとりしてしまう。写真なども撮ってしまった。単色の強さ、みたいなことをぼんやり考えた。私が現代芸術の中でも、特に抽象表現と説明される主義や潮流および作品群を愛しているからか、存在感を放つ色そのものに私は弱く、すぐ理性がグラグラする。魅了されてしまうのである。単純なのかもしれない。だが、単純な私を打擲《ちょうちゃく》する、単純な強さが、今はとても心地よいものと思えた。いつか、暇ができたら、色そのものをメディアとした、平面作品でもつくってみたいなと考えながら、散歩をした。

本日の新型コロナウイルス感染者数　日本全体　３８人　累計１７１４１人
東京　１４人　累計５３７８人

美術館を長らく訪れていない反動からか、家にある画集や美術書を、ひたすら読み返す。

うーむ。やっぱりマレーヴィチはよいなあ。

抽象表現をつくりたくなる。

うおお、楽しい。

無心になって、平面作品をつくることができたら……快感だろう。

でもなあ……快感を求めている場合でもないし。他にたくさんやることがあるし。

六月八日　月曜日　晴れ

今日は私が会社の仕事と大学の仕事とで忙しかったせいで、妻との散歩、近所をぐるっとするだけになってしまった。そのことを謝ると、「昨日、歩きすぎたから、よかった」と妻はフォローしてくれた。これ以上仕事を減らしたら生活に支障が出てしまうから難しいが、しかし、減らさなければならない時期に来ているのかもしれない。臨月であるこの六月と、生後一ヶ月、いや二ヶ月となる八月くらいまでは、どうにか仕事を減らそうと決意した。妊娠、そして出産というタイミングを体験する妻を、私がフォローしなければならない。気を使わせて、どうする。

昨晩、私がつくったミートソースで、今夜は妻がドリアをつくってくれた。私の好きなポテトサラダも。野菜たっぷりのコンソメスープと、ドリアと、ポテトサラダの組み合わせは美味で、たくさん食べてしまう。食後、走ろうかと思ったが、大学の講義の準備が終わらず、できなかった。効率よく仕事をしていかないと、ダメだなと思う。思うだけで、なかなか実行できる気がしないけれど。

本日の新型コロナウイルス感染者数　日本全体　３３人　累計１７１７４人
東京　１３人　累計５３９１人

子どもが生まれたら、編集者と作家と大学の講師、三足のわらじは無理かもしれないな。
ジャー
妻に子育てを任せっきりにしたくない……なら、働き方を変えないとだめか。
ギィー
どれを辞めるか、いや……。
どれも楽しいし、辞めたくないなあ。でも、子育てだっておもしろいだろうし。時間が欲しい……。

六月九日　火曜日　曇り

S社に依頼されて完成させたが、結局ケンカ別れのようになってしまったため、S社からは刊行されないこととなった書き下ろし単行本の原稿を、Kという出版社で働く知り合いの編集者M氏に先週送ったところ、今日、電話をもらった。かなり肯定的にとらえてくれ、おもしろいとも評価をしてくれた。M氏が言うには、M氏が勤務するKのレーベルから出すためには、加筆修正するべきポイントもあるが、企画内容としてはこれでいけるとのこと。拾う神がいたわけである。ぜひともお願いします、一緒にやりましょう、Kから出せるのなら、こんなに嬉しいことはないです、と私はお礼を述べた。

S社の仕打ちに呆れた私は「印税をよこせとは言わないから、せめて組版のデザイン費用とDTP費用は払ってくれ」という気持ちになったりもしたが、こうなってくると雲行きが怪しくなる。傍から見れば私は「S社の条件が気に食わないから、S社を袖にして、Kに完成原稿を売り込みにいった作家」ということになってしまい、「ロクに契約書も交わそうとしない、クリエイターを使い捨てにする前時代的な出版業界の犠牲者」ではなく、「刊行直前になって、S社を見切ってKに鞍替えした不義理な作家」と目されてしまう。いや、それは違うんだ、実際は……と自分に言い訳をしたところで意味はない。そもそもS社に対する怒りも小さくなっていた。つまらないと感じる相手のために、つまらない想いをして、つまらない感情の揺さぶりを味わい続けるのではたまったものではない。

そう考えたので、私はM氏にお礼を述べたわけである。M氏は「この完成原稿をそのまま、というわけにはいきません。もっと売れるように、変えていきましょう」といったようなことを鼻息荒く語ってくれた。それは同時に私にとって新たな作業の発生を意味するわけであり、途中のものならともかく、一度完成したつもりになった作品に、手を加えて変化させるというのは、なかなか骨の折れる作業になる気がする。が、私はM氏の言葉に力をもらった。理由は、出るはずだったのに出なくなった本が、再び出る可能性を帯びたから……ではない。単に出すだけを目的とするならば、他にも方法はある。Kに断られても、出版社は他にもたくさんあるし、同人誌のようにして自費出版という手段もある。私の血が沸き立ったのは、私の原稿を読んで、M氏が、Kが、「売れる可能性がある」と判断してくれた事実そのものにある。

たまには、私も、売れたい。二月にH社から出た私の本は、新聞やウェブメディアなどにかなりの数の（好意的な）書評を掲載していただいたが、では売れたかというとそんなことはなさそうである。評価されることそのものが嬉しいので、まったく不満はないのだが、これから子どもが生まれて、いろいろと物入りになるだろうし、そろそろお金も稼ぎたい。そんな私の欲望に、いくらかは可能性があることを教えてくれたのが、M氏の電話だったのである。

まあ、有頂天になってもいけない。まずは、こちらの持ち込んだ原稿を肯定的にとらえてくれたことを素直に喜ぼう。そこから先の作業が肝心であり、そこでM氏およびKの期待に応えられなかったら、また振り出しに戻るわけだから。
一連の出来事を妻に伝えると、妻は素直に喜んでくれた。

本日の新型コロナウイルス感染者数　日本全体　３６人　累計１７２１０人
東京　１２人　累計５４０３人

六月十日　水曜日　晴れ

妻が、マフィンをつくってくれる。マフィンにはリンゴが入っていた。妻の実家から送られてきた食材の中にあった、リンゴである。「本当は、アップルパイにしようかと思ったんだけど、材料を買いに行けないから……」と妻はちょっと残念そうにしていた。妻のつくるアップルパイは確かに私の大好物だが、リンゴ入りのマフィンだって、遜色なくおいしいものだった。
夕方、涼しくなってきた頃合いを見計らって、隣の駅まで妻と散歩。駅近くに、高級なスーパーがあり、どんなものかと覗いてみる。空いていた。妻とお惣菜や出来合いの弁当などを並べているエリアを見る。「今日は、お料理、休みましょうか」と妻が言ってくれる。私も賛同する。高級なスーパーだけあって、凝ったお惣菜やおかずなどがたくさんある。が、私の考えていたほど、価格は高くない。デパ地下グルメのような華やかで豪勢な弁当などが、かなり安い。五百円程度のものもある。「案外、高くつかなかったね」と私が呑気に言うと、妻は「それだけ、大変なんじゃないかしら、スーパーも。お客さんが減ってしまっているのよ、きっと。だからあれだけ安くしているんじゃない？」と意見を述べた。経済に対して鈍い反応しかできない、売れない作家の私と違い、世の中の商売をしている人たちは、必死なのだ。その結果を、私は今日見たのだろう。

帰宅後、買ってきたものを食卓に並べる。にぎやかで、パーティーのようで、楽しい。味も、悪くなかった。

本日の新型コロナウイルス感染者数　日本全体　４１人　累計１７２５１人
東京　１８人　累計５４２１人

六月十一日　木曜日　曇り

午前中、溜まっていた会社の仕事を片付けて、昼食前に、マラソン。神社まで走り、お参りをして、駅前のスーパーで素麺と、夕飯の食材を買う。妊娠直後、悪阻《つわり》に苦しめられていた妻のために、よく素麺をつくっていたが、安定期に入ってからはパッタリ素麺を食べることもなくなった。久しぶりに食べてみたくなったのである。

素麺、正解。食べて、身体がスッキリした。朝方はだるそうにしていた妻だが、素麺のおかげか、昼食後はやや元気を取り戻してくれた。

午後の散歩は川沿いを、普段は向かわない方角へ歩く。青葉の茂る木々が小径に落とす影を、涼しく感じた。歩きながら、妻は明るい声で、保育園についての話をする。保育園に子どもを入れるためにはどう行動するべきかを私に丁寧に説明してくれた。私は、うなずきながら、幽かな川風を感じながら、妻の声に耳を傾けていた。

本日の新型コロナウイルス感染者数　日本全体　４１人　累計１７２９２人
東京　２２人　累計５４４３人

六月十二日　金曜日　晴れ後曇り

妊婦健診の日。産院まで車で向かう途中、「ひょっとしたら、これが、最後の妊婦健診になるかも」と妻が言う。予定日は二十日。それより数日早く生まれるようなことがあれば、確かに次の検診の日は来ないことになる。

昨年の十月以来、何度この産院に足を運んだろう。妻が産院に入っていくのを見ながら、車中でそんなことを考えた。この九ヶ月間、長かったと言えば長かったし、短かったと言えば短かったようにも思えるし……いや、やはり長かった。私の人生で、最も集中し、神経を尖らせ続けた期間である。私みたいな自堕落な人間が、これほどの長期間、集中力を持続させられた事実に驚く。もっとも、大半は妻の理性のおかげであるから、誇れるものはなにもない。妻に手綱を引いてもらって、駄馬なりに前を向いて走り続けられた。後は、飼葉代わりの自己陶酔で息切れせずになんとかなった……いやいや、何を終わった気でいるんだ。酔い続けろ、まだ生まれていないんだ、終わりじゃないんだ、と言い聞かせながら、車の中と外を出たり入ったり。蒸し暑くて、じっとしていられなかった。早く、梅雨、終われ。夏、来い。

本日の新型コロナウイルス感染者数　日本全体　４０人　累計１７３３２人
東京　２５人　累計５４６８人

六月十三日　土曜日　雨

妻が、つらそう。先週あたりから、何を食べても、吐いてしまっている。何か食べたいものはないかと訊いても、「わからない。でも、急に気持ち悪くなって……」と苦しそうに言うばかり。コンビニまで、アイスを買いに行く。冷たいものを食べたら、すっきりしやしないかと考えた。妻は、無理をして食べてくれたが、やはりつらそうだった。母子ともに順調と、産院のお医者に太鼓判を押されたとはいえ、目の前で苦しんでいる妻を見るのは、つらい。妊娠に関して（そしておそらく出産に関しても）男は、本当に、役に立たない。

本日の新型コロナウイルス感染者数　日本全体　５０人　累計１７３８２人
東京　２４人　累計５４９２人

六月十四日　日曜日　曇りときどき雨

昨日散歩ができなかったから、今日はどうしても動きたいと妻が訴える。無理をすべきときではないと思ったが、閉じこもっていても、つらさが加速するばかりかもしれない。午後、二駅ほど電車に乗り、大きな街の駅へ。そこから、二十分ほど歩いたところにある、入園無料の庭園へ。

到着したら、小雨が降り出した。園内には誰もいなかった。世界的な植物学の権威の旧宅を整備した庭園は、なるほど、私などがちっとも知らないような草木がたくさんあって、雨露に濡れて、清澄な空気を静かに発していた。「たくさん、深呼吸しよう」と妻に呼びかける。ふたりで、スーハースーハーと繰り返す。園内に、小さな展示室があり、雨宿りがてら、じっくり鑑賞する。晴れた日に、子どもをつれて、また来ようと思った。

本日の新型コロナウイルス感染者数　日本全体　４７人　累計１７４２９人
東京　４７人　累計５５３９人

六月十五日　月曜日　曇り

隣街まで妻と散歩。スーパーで野菜を中心に、食料品を買う。ズッキーニを妻が欲しがった。

「そんなに好きだったっけ？」と問うと、妻も首を傾げながら「急に、食べたくなったの」。夜は、ベーコンとトマトとズッキーニのグラタン、それからマカロニサラダを妻がつくってくれ、私はご飯を炊いて、味噌汁をつくった。食べながら、妻が「もう少しね、ふたりだけのご飯も」と言う。ふわっと軽い寂しさを覚えたが、口には出さなかった。

本日の新型コロナウイルス感染者数　日本全体　７３人　累計１７５０２人
東京　４８人　累計５５８７人

六月十六日　火曜日　曇り後晴れ

午後四時前、隣街の、普段は歩かないエリアを妻と散歩。商業エリアから一ブロック入ったところで、小学校を発見。きれいで落ち着いた佇まいの学校である。校庭も、都内の小学校にしては広いように感じる。校庭を取り囲む木々にもどことなく風格がある。学校らしくなるように適当に植樹したのではなく、昔からその土地に根ざしていたかのような樹木が多いように見え、すてきだなと思ってしまった。「仮に今のアパートにこれから先もずっと住み続けて、子どもが大きくなって、小学校に上がることになったら、この小学校に通うのかな」と静かな校庭を眺めながら私がつぶやくと、「学区が違うと思うわ。今の家からだと、離れすぎているもの」と妻が指摘してくれた。私が「じゃあ、子どもが生まれたら、このあたりに家を買うか」と冗談めかして言うと、「この辺は高いんじゃないかしら」と妻。

薄々察していて、コロナ禍にあってますます強く感じるのが、東京という土地は、私の身の丈にあっていないのではないか、という一種の感慨、いや、諦観。結婚を機に東京に住むようになり、なるほど、私の仕事は多少増えたかもしれないが、収入的には微々たるものであるし、私の職能においてリモートワークが機能することもわかってきたし、東京に拘泥せずとも、よいのではないか。東京を捨て去っても、私は生きられるんじゃないか。

新型コロナウイルスの感染者数は減少傾向にあるらしいが、一転、第二波到来となれば、まず間違いなく東京は悪者にされるだろう。一昨日なんて、全国の新たな感染者数と、東京のそれとが、同値だった。日記であるのをよいことに好き勝手に、乱暴に書いてしまうと、つまり、新型コロナウイルス感染症は、東京の病気なのである。東京の人間が罹患し、東京の人間が大騒ぎし、東京の人間が感染を拡大させ、東京の人間が社会への影響を増幅させている病気なのである……と今年の秋や冬あたりには定義されるようになるかもしれない。そうなる前に「東京は不浄の地だ」と日本中から、あるいは周辺諸国から敵視される前に、逃げ出してしまうのも、ひとつ、手かもしれない。

――が、そんなこと、できやしないのである。妻は自分の両親のいる土地から離れたくないだろうし、乳飲み子を連れて新たな場所で新たな生活をしようというのは、どうしたって負担に感じるだろう。どれだけ苦しくとも、東京で、東京の片隅であるこの土地で、生き抜くことを選ぶだろう。

私はどうか？　妻とこれから生まれてくる子どもと離れ離れになる選択肢は、そもそもない。私は家族の一員だが、私の一存で家族の未来を決定できるわけでもない。彼らを守ることはするが、彼らを支配したくはない――そう言い聞かせながら、この数ヶ月間を生きてきたのである。今更、その方針を変えたくはない。

そして、より厄介なことに、私は（私も、だろうか）東京を、愛している。現代アートに夢中だった大学時代も、都内を流浪しながら『ネットカフェ難民』を書いた頃も、私は東京を嫌いになれなかった。東京は、別にきらびやかな世界でも、最先端の文化が花開く場所でも、なんでもない。人とモノと情報が、膨大な量、流れ落ち込んでくる「溜まり」である。いろんなものがやってくるから、無論、そこには塵芥も大量にある。ウイルスだってある。人間に害なすものもあるけれど、それらがつくる「溜まり」の中の淀みを、私は好んだ。淀みから、澱《おり》から、浮かび上がる文字を集めて編んで、言葉を紡ぎたいと、当時も今も願っている。つまり、そんな有り様だから、私は東京を愛してしまっているのである。東京を見限れない。東京の鈍さを嘲笑えない。東京を愚かだと突き放せない。あまり認めたくないが、私は（私も、だ）、東京に依存している人間なのである。弱い。

本日の新型コロナウイルス感染者数　日本全体　85人　累計17587人
東京　27人　累計5614人

連日のように散歩をしているため、近所の公園はだいたい制覇してしまった妻と私。
昨日、地図で確認したけど、かなりの数の公園を訪れたよ。
緑も多いし、よいところね、この土地は。
うん。ますます好きになったかも。
私もこの子と一緒に歩いてみたい場所をたくさん見つけられたわ。
ねー
この土地を、東京を、捨てることはできないと、私は思った。

六月十七日　水曜日　晴れ

午後三時頃、義父に車を借りて、大きな池のある公園へ。連日の散歩、疲労は大丈夫なのかと妻に問うたら、「平気。もっと歩きたいの」と逞しい返事。飲料水を用意し、休憩ポイントも確認しながら、そこそこ起伏に富んだ園内を、ゆっくりと歩く。池を半周したあたりで、神社があり、妻とともにお参り。そこからさらに数分歩くと、城跡があった。私は興奮して「ここ、城跡なんだよ、あの小説やあのゲームにも登場した城で……」と熱っぽく語ろうとしたが、一部が削り取られた丘と少量の石畳は、妻の想像する城とは相容れなかったのか、あまりおもしろがってはくれなかった。

本日の新型コロナウイルス感染者数　日本全体　４１人　累計１７６２８人
東京　１６人　累計５６３０人

六月十八日　木曜日　曇り

昼過ぎ、昨日同様、妻との散歩のために義父から車を借りて、家から数キロメートル離れたところにある、大きな団地を目指す。大きな公園が隣接しており、妻も私もそこを訪れたことがなかった。

天気がよくなかったからか、公園にはほとんど人がいない。珍しいバラをたくさん植えている一画があった。ちっともバラらしくない花もたくさんあり、中には花弁の色味が激しいものや葉の形がおどろおどろしく見えるものなどもあった。一瞬、グロテスクなその造形に躊躇したが、しかし、踏み留まる。よく眺める。力が、ある。植物から躍動を感じるのはおかしいのかもしれないが、でも、生きる姿が、なんとしてでも生き抜いてやろうとする意思が、明快に表出されているように見えて、なんだか、感心してしまった。

もう少しバラ園にいたかったが、大きなハチが曲がりくねった道に沿うように飛んでいるのが視界に入り、妻をかばって「ゆっくり、ゆっくり」と唱えながら、バラ園を後にする。

公園は、団地を侵食するかのように、点在していた。普段なら人の動きに意識を奪われて（おそらく妻と私自身も人として動くのに必死になってしまって）、意識を向けることなどできなかっただろうが、ほとんど人のいない静かな空間を、ただのんびりと歩いていると、巨大な人工の建造物とたくさましく繁茂する植物たちの相克が、鮮明に浮かび上がり、おもしろい。もっと、緑を増やしたら――自然に飲み込まれた文明のような、いや、ありがちな情景かもしれないけれど、そいつを実現させて、かつ植物と人間が七対三ぐらいで共生する世界観を提示できたら――楽しそうである。生活の利便は失うかもしれないし、住みたいかと言われると首肯しかねるが、見てみたい。

などと考えながら、小一時間ほどぶらぶら。そろそろ帰ろうということになり、駐車場へと戻ろうとするとき、団地の一画から、ジャラジャラと音がする。古いコンクリートの壁に、集会所であることを示す看板が掲げられていた。窓が全開になっていたので、中の様子が見える。覗くと、みんな、フェイスシールドをつけて、麻雀をしていた。かなりの数の卓が立っており、二、三十人はいた。年配の方が多く、私と同年代ぐらいの男女もちらほら。奥に、背広の男性が笑顔で立っている。「麻雀教室、かしら。楽しそう」と妻。続けて、「麻雀、得意でしょう？　プロ雀士とか、目指したら？」とおどけて言う。「悪くない。でも妻子を養える分ぐらい、稼げるようになるかなあ」と私が応じたら、「兼業よ、サラリーマンは辞めちゃ、だめ」と妻。蛍光灯の照明がフェイスシールドにチラチラ反射して、老雀士たちの顔を彩り、奇妙なSF映画の特殊効果のようだった。彼らも、生き抜こうとしている。

本日の新型コロナウイルス感染者数　日本全体　４０人　累計１７６６８人
東京　４１人　累計５６７１人

六月十九日　金曜日　雨

妊婦健診の日。エコー写真を見ると、もうしっかり大きく、推定体重は三二九五グラム。でも、まだ生まれる気配はないらしい。「また、来週診察に来るよう、言われたわ。で、そこで様子を見て、誘発分娩になるかもしれないそうよ。貧血はもう、すっかりよくなったって」と妻。私は、焦っていなかった。待ち遠しさこそあれ、早く生まれてきてくれ、とは思っていなかった――し、口にも出さなかった――から、「のんびり、行こう」と妻に声をかけた。毎回のことだが、妻は産院での診察が済むと、元気になる。自身の健康や胎児に関する不安がその時点においては解消されるから、気疲れがなくなり、心が晴れるのかもしれない。妻を、そうした気分にしてくれるこの産院を、私は今や完全に信頼、いや、最初から不信など微塵もなかったから、信奉とでも表現したほうがよいかもしれぬ、とにかく、全面的に信じていた。妻のことは、後はもう、お医者に任せておけば、大丈夫、心配はいらない。私がやるべきは、出産当日まで、妻と生まれてくる赤ちゃんを守り抜くこと。安全運転、安全運転と言い聞かせてハンドルを握っていたら、目が痛くなった。ここのところ、夜遅くまで仕事をし過ぎかもしれない。

本日の新型コロナウイルス感染者数　日本全体　72人　累計17740人
東京　35人　累計5706人

六月二十日　土曜日　晴れ

私は、「ビビり過ぎ」だろうか？　この状況下に対して針小棒大に過ぎるだろうか？

どうやら、過度に新型コロナウイルスに対して身構える人々を、そんな風に揶揄する風潮があるらしい。ネットでたまたま見た「ビビり過ぎ」の文字列が、妙に私の意識に引っかかり、なんとなく、メモのつもりで日記に書きたくなった。

新型コロナウイルスは、本当に怖い病気だろうか？　無知で凡庸な私は、なんだか、そこまで怖がらなくてもよいのではないか……という気分を、緊急事態宣言が解除されたあたりからうっすら感じている。その感慨が、医学的に正しいのか間違っているのか、私は答えを持っていない。

妻や生まれてくる赤ちゃんが、新型コロナウイルスに感染するような展開は、怖い未来だろうか？　これは断言できる。怖い。怖いからこそ、こうして会社に行かず、ひたすら自宅にいて、常に妊娠中の妻と一緒に行動し、たまに散歩や買い物で外に出てもマスクは欠かさず、帰ってきたら手洗いうがいをしっかりする……という日々を繰り返してきたのである。

来月、東京の新規感染者数が千人を超すと教えられても、私は慌てふためいて家から逃げ出すようなことはしないだろうが、来週、妻が感染すると告げられれば、私は恐怖に泣き叫ぶに違いない。

結局のところ、社会と個人の話なのだろう。

社会における新型コロナウイルス感染症を私は恐れない。もちろん、侮りもしない。感染者数は減ってほしいと願っているし、重症の方には一刻も早く恢復してもらいたいと感じている。別に、善人ぶってそう思うのではない。

韓非子に「輿人成輿、則欲人之富貴、匠人成棺、則欲人之夭死也、非輿人仁而匠人賊也」とあるが、人が豊かになることを願う車屋がよい人で、人の死を願う棺桶職人が悪人というわけではないように（両者とも自分の商売の繁盛を考えているだけである）、私も利己的に、人々の健康を祈願している。社会における罹患者が減れば、個人としての私の周囲における感染の可能性が減るだろう、と。

個人としての私は、新型コロナウイルス感染症を恐れる。私が感染することで、妻や赤ちゃんが感染するかもしれないからだ。乳幼児には感染しないとか、感染したところで重症化率は他の一般的な病気よりもずっと低いとか、そうした情報の真偽を血眼になって確認することに意味はない。私が恐怖を感じなければいけないと信じる以上、それは確かに存在する恐怖なのである。

社会的にはビビってないが、個人的には超ビビっている私の心情を、「ビビり過ぎ」と評するのであれば、ネットの言は正鵠を射ている。妊婦の妻を心配して「ビビり過ぎ」となることを、今までもしてきたし、これからもするだろう。子どもが生まれた後も、新型コロナウイルス感染症はおそらく沈静化はしていないだろうから、その姿勢を継続するだろう。

問題は、程度か。例えば食事の誘いを断るぐらいならまだよいが、仕事上の機会なども逸するとすれば、私はどう動くのだろう？　「ビビり過ぎ」と嘲笑されながら信頼を失うか、中庸なラインを見つけて社会と個人の折り合いをつけていくか。もっとも、ビビるような人間は、そもそも最後まで己の意思を貫けない半端者と相場が決まっている。前者の可能性は低いと信じたい……が、「ビビり過ぎ」ならどうだろう？　安心安全安寧の地などないのだと気付くまで、疾走し続ける——わけがない、と言い切れない自分が、今は一番怖い。

本日の新型コロナウイルス感染者数　日本全体　５９人　累計１７７９９人
東京　３９人　累計５７４５人

六月二十一日　日曜日　曇りときどき晴れ

午後、妻との散歩がてら、妻の実家へ。義母に洗口液をわけてもらう。通販でしか買えないというこの洗口液を使うようになってから、一年が経過したが、その間、私は風邪知らずである。今までは季節の変わり目などに必ず体調を崩していたけれど、外から帰ってきてうがいをするときにこの洗口液を使うように習慣づけてからというもの、風邪に罹らないのである。コロナ禍にあって、手洗いとうがいの頻度も増えたため、この洗口液をわけてもらう頻度もぐっと増えた。ありがとうございますと礼を述べ、今日も譲り受ける。

実家で一息入れた妻が、もっと歩きたいと言うので、妻の実家から、今まで歩いたことのない方面へと足を伸ばす。途中、住宅街の只中で、私と同い年ぐらいの、頭部にいくらか白髪の混じった男性と、おそらく彼の息子さん、虫取り網を持った三歳ぐらいの男の子を見かける。

男の子は、道端においた虫かごを真剣に眺めている。飽きずにじっと、かごの中の羽ばたく虫を見つめていた。「あなた、子どもができたら、ああいうふうにできる?」と妻が訊く。「虫が苦手ってことか? まあ、あんまり好きじゃないが、少しはつきあうようにするよ」と私が言えば、「違うの。あんなふうに、子どもが何かをゆっくり考えている時間を、ただ黙って待ってあげられる?」と妻が言う。どうだろう。子どもの時間を、大人の理屈で壊したくはない。私はたいてい追い立てられて生きてきたし、これからもそうなのかもしれないが、その貧乏たらしいスケジュールに、子どもを巻き込みたくはない。あの白髪の男性のように、悠然と、子どもの時間を守ってあげることができるだろうか。自信はないが、しかし、見習いたい。あんな父親に、私もなりたい。

本日の新型コロナウイルス感染者数　日本全体　６５人　累計１７８６４人
東京　３４人　累計５７７９人

六月二十二日　月曜日　雨

昨晩、夜中まで大学の講義用映像を編集していたため、眠い。十時に起床したが眠気が消えてくれず、昼食後、一時間ほど仮眠。その後、銀行へ出かけ、妻の分の定額給付金を下ろし、妻に渡す。育休期間中の住民税の支払いに充当させる由。もっと、自分のために使えばよいのではと言ってみるが「いいのよ、これで」と妻は笑うだけ。夕方まで一時間ほど、妻と雨の中を散歩。住宅街の一画の、小さな公園、静かな雨が木々の緑を濡らしている。私が立ち止まって、水筒に入れたお茶で口をすすぐと、妻がお腹をさすり、中の子どもに語りかけている。「もう、出てきていいのよ」。本当にそうだ、待ち遠しい。

本日の新型コロナウイルス感染者数　日本全体　５２人　累計１７９１６人
東京　２９人　累計５８０８人

六月二十三日　火曜日　曇り

来週中に生まれるとして、退院の日取りが読めないため、妻が東京都知事選挙の期日前投票に行きたいと言う。「投票日には退院できていたとしても、すぐの外出はつらいかもしれないし」とのことで、それはそうだと納得する。午後、私の仕事が一段落してから、区役所へ。駅から区役所へゆっくりと歩きながら、妻が「ちゃんと、誰に投票するか、考えているの?」と訊いてくる。別に考えちゃいなかった。コロナ禍で、私の政治に対する無関心もちっとはマシになるかとも思ったが、そんなことはなかった。国が何をしてくれるか、という問いを私は持っていない。持ちたくもない。納税はきちんとするし、こうして投票にも行くが、政治が私の世界を変えてくれることにはあまり期待していない。

かといって、政治に反発もしない。日本は、政治に対する敬意が育たない国である。そりゃあそうだ。私が物心ついて以来、つまり昭和の終わりから延々と、メディアは政治を悪く言うことしかしてこなかった。ある対象への批評性というリテラシーを育てるには、よい点と悪い点の双方を理解する必要がある。別にこれは政治に限った話ではない。美術であろうが文学であろうが、何であれ美点と欠点とを学ばねば対象の価値判断はできない。ところが政治においては徹底して悪い点しか教えてくれないため、正しい批評精神が育ちようがない。いつの時代も延々と政権の欠陥を声高に指弾する声と言葉のみがやかましく響くのみ。それらに踊らされない程度には賢くなれたつもりではあるものの、よい点を知る機会があまりにも少ないため、結局は経験則に頼るしかなく、私は私を信じ、私を頼みにして社会を生きていくことを決意せざるを得ず、となると畢竟、期待も憤怒もないまま、政治に参加するしかなかったのである。「うん、まあ、ちゃんと考えて投票するよ」とだけ私は返事をする。生きることは私がする。私の妻とこれから生まれてくる子どもの未来は私が守る。政治に頼ろうとは思わない。政治を罵ろうとも思わない。私の道を邪魔しなければ、それでよい。

区役所の一階に期日前投票所があり、入り口でアルコールスプレーを手に吹きかけ、持参した鉛筆で候補者の名前を記し、一票を投じた。投票後、区役所の上層階にある展望ロビーとやらに行ってみる。レストランがあったので少し休む。レストランには妻と私の他には、ご婦人がふたりと、ノートパソコンとにらめっこしている男性がいるのみで、とても空いていた。妻はオレンジジュースを、私はコーヒーを飲む。

思いの外、壮大な眺望に、私の心は弾んだ。スマホの地図アプリを起動して、方角を確かめながら窓の向こうを指差して、あっちが神奈川のほうで、こっちは東京湾で、富士山は見えないが向こうにあるはずで……とやっていたら、妻が静かに「大根が……」と口にする。何かと思えば、晩ごはんの算段らしい。「大根が余っているでしょう。あれを使い切りたいの。産むまでに。入院中、あなたが自炊するとしても、大根は使わないでしょう？」と言う。それはわからない。使うかもしれないし、使わないかもしれない。無理に全部を使い切る必要はないと言い返したが、折れてはくれなかった。「入院中に、傷んでしまったら、もったいないわ」と妻。確かにその通りだとは思う。でも、そんなことは、気にしないでもよいのではないか。冷蔵庫の中身のことなど忘れて、のんびりとこの時間を愉しめばよいのではないか。「わかった。大根で味噌汁をつくるよ。明日は……豚バラ肉が余っていたはずだから、それと合わせて炒めものでも用意しよう」と私が提案すると、妻は静かに首を横に降る。「ううん。私がやる。あなたは締切があるでしょう？」と言ってくれた。あるにはあるが、たいした作業量ではない。夕飯の準備ぐらい、どうとでもできる。だが、私は妻に感謝した。きっと、妻はこの日常を、少しでも大切にしたいのだろう。そのためには、目の前の不安を妙な刺激で打ち壊すのではなく、普段の生活を淡々と味わう姿勢が必要だと考えているのだろう。見習わなければならない。学ばなければならない。そう感じた。

夕食後、皿洗いを済ませて、久しぶりにランニング。三十分ほど走る。六月は運動を怠けていたから、情けないほどに身体が重たくなっている。もっと、自分をいじめないといけない。

本日の新型コロナウイルス感染者数　日本全体　52人　累計17968人
東京　31人　累計5839人

六月二十四日　水曜日　曇りときどき晴れ

午後、日差しが落ち着いた頃合いを見計らって、妻と近所のお寺へ散歩に出かける。有名なお寺らしいのだが、家からも駅からもちょっと離れたところにあるせいか、今まで一度も訪れたことがなかった。仁王門があり、これは十七世紀後半につくられたものだという。阿形、吽形の金剛力士像が中にあって、まじまじと見つめていたら、妻が笑い出した。

「頭が、大きい」。確かに、随分と頭部が大きい仁王様である。胴体に比して、かなりのサイズに見える。腹回りより、頭の鉢のほうが大きいのではないか。脚も太く、短い。「でも、可愛らしいわ」と妻の評。同感だ。ずんぐりむっくりで、愛嬌がある。自分の漫画に、こういう雰囲気のあるキャラクターを登場させたいと思った。まあ、私の画力では難しいか。

夜、テレビのニュースを見る。東京都内で新たに五十五人の感染者が出たとのこと。昨日よりも増えている。緊急事態宣言解除後では、最多であるらしい。このままではまた感染者が増えるかもしれない。私としては何度でも緊急事態宣言をやってもらって構わない気持ちだが、社会はそれを求めないだろう。まあ、別にそれでよい。何度も自分に言い聞かせているが、数字に惑わされず、言葉に踊らされず、生きよう。そろそろ日記の末尾の統計の転載も、やめよう。バカバカしくなってきた。

六月二十五日　木曜日　曇りときどき晴れ

昼過ぎ、神社にお参り。長く、手を合わせる。
夕方、妻と散歩。隣街まで川沿いを歩く。たくさん、妻に伝えたい言葉があったはずだが、音に、ならない。

六月二十六日　金曜日　曇り

妊婦健診の日。妊娠四十週目を過ぎたがお産の進みがゆっくりであるため、誘発分娩をすることに決定したと妻。「先生に言われたわ、日曜日から入院よ」と語る妻の顔に、動揺は見られなかった……少なくとも私の目には。詳細を事前にお医者から丁寧に説明されていたらしい妻は、落ち着いた様子で日曜日以降の流れを説明してくれた。未来における考えられる可能性を徹底的に整理し、その上で何をすべきかを冷静に判断するのが妻という人間である。「想像しなかったもの」に出会うためにあえて計画性を蔑ろにする私とは正反対ではあるが、私はそうした妻の実直さを愛している。そして、ことお産に関しては、完全に妻の態度が正しいわけであって、妻の言葉にうなずいているうちに、段々と私も気構えができてきた。

もっとも、気構えだけできても、夫の価値はない。「生まれた後に夫がすべきこと」を妻に確認してもらい、都度助言をもらいながら整理する。

六月二十七日　土曜日　曇り

ふたりだけで過ごす最後の日。「ほうれん草のパスタが食べたい。生まれたら、しばらく入院でしょう？　あなたのご飯が食べられなくなるから」と妻。リクエスト通り、ほうれん草とベーコンのパスタと具だくさんのコンソメスープをつくる。「おいしい」と言って、妻は食べてくれた。食欲はあるようで、安心する。

六月二十八日　日曜日　雨のち曇り

タクシーを呼んで、午後、産院へ妻と向かう。六月中旬以降、この産院では出産時の立ち会いおよび産後の面会が、夫のみ可能となった。が、今日は誘発分娩のための処置をする段階であるから、私は入れない。入り口まで妻を見送る。「がんばって」と私。「ありがとう」と妻。

産院の近くにある神社でお参りをして、電車で帰る。つくりおきの冷凍していたミートソースを解凍し、パスタを茹で、昨日のスープを温め直し、晩御飯にする。ひとりで食べるのは、久しぶり。味が、しない。

六月二十九日　月曜日　晴れ

午後四時半頃、妻から電話。「すぐ、来て」。声が、細い。「わかった」と返事をして、すぐに家を出る。

午後五時前、産院に到着。出産の立会いであることを告げ、分娩室へ通される。

午後六時八分、妻、男児を出産。

妻に「ありがとう」と言う。
妻が無言でうなずく。

ここまでで、個人としての私の人生は終わり。
これからは、息子の父として、生きる。

あとがき　あるいは、極めて私的な、個人主義の終焉の記録としての日記

二〇二〇年六月二十九日、妻は第一子となる男児を出産した。母子ともに健康で、このあとがきを書いている今も、妻は良好な産後の経過を示し、生後二ヶ月になろうかという赤ん坊は元気に泣いたりスヤスヤ寝たりしながらすくすくと成長している。私も育休を取得し、ぐずる赤ん坊を抱っこしたり、おむつを交換したりしつつ、文章を書いたり絵を描いたりといった日々を過ごしている。現時点においては、日記中の私がこの身を引き換えにしても実現させたいと願った未来は、恙無く得られたと言える。

もちろん、今後のことはわからない。新型コロナウイルス感染症に関して言えば、七月以降、また感染者数が増えているようだし、もっともそれは検査数の増加によるものだから当然という説があったり、重症者数は深刻なレベルではないという論があったり、はたまた冬になればより深刻な被害をもたらす可能性があると言う人もいたりと、いろいろな議論や解釈があるようだが、それらに対して特に私の意見はない。今までやってきたように、手洗いとうがいをしっかり行い、無闇矢鱈と外出せず、やむを得ない場合は人混みを避けるよう意識して社会に

接し、そうして、ひたすら丁寧に、じっと静かに生きるだけである。

まえがきで語ったように、私の愚かさと弱さを私自身が自覚し、その上で少しでも賢く生きられるようにするための記録であったこの日記は、ほぼその目的を達したように感じている。もちろん、妻が無事に子どもを出産するまでがゴールではない。ここからが本当のスタートであるとは理解している。今回書籍としてまとめるにあたって、適当な区切りとして、息子の誕生を用いただけである。ただ、私は今後も、自分の弱さを戒めなければならない瞬間を見つけては、日記を書くだろう。


最後に、コロナ禍と妻の出産、それらを体験した現時点での私の感慨を記しておきたい。

この日記が記された期間において、乱暴に言えば、私はひとつの結論を得た。

それは、個人主義の終焉というものである。

新型コロナウイルス感染症という昨年の段階では予想すらしていなかった事態に直面し、個人の無力さを知った……などというつまらない意味ではない。自然や社会の潮流といったものに対して、自分の無力を痛感するのは、私にとっては極々当たり前の状態であって、特筆すべき事項ではない。

そうではなく、現実的存在としての個人の限界を知った……いや、もっと包み隠さず書こう――二十世紀末から現在に至るまでの時間において、必要以上に礼賛され奨励され、結果として肥大化しすぎてしまった「個人」は、もう不可能だと理解したのである。

もちろん、個人の自由およびその尊厳は、社会において最大限守られるべき、大切な要素であることは疑いを容れない。そこは、絶対に（作家兼編集者という仕事をしているわけであるから）否定しない。しかしながら、コロナ禍で私が自覚した真実は、個人よりも優先されるべき全体というものが、社会には厳然と存在するという事実である。全体という言葉が不穏当なら、共同体と言い換えてもよいかもしれない。私について言えば、妻とお腹の中の子どもを含めた、家族という共同体が、私という個人よりも上位に存在し、そのレイヤーに自分を置いて行動するよう意識してきたわけである（子どもが生まれた以上、今後は益々その度合が強まるに違いない）。

結果として、個人としても共同体の一員としても、現時点においては私は幸福を得ている。経済的、精神的苦しさは依然としてあるものの、家族全体の、小さな共同体の、安定と安寧を重んじた成果であるため、後悔は全くない。人間として生きるためには、個人よりも大切な全体がある……それがコロナ禍を生きた私の結論である。日記を読み返しながら、仕事上のつながりのある人々や、散歩で訪れた街の様子などを思い返すと、多くの人々は私なんかよりも数段立派に、その真実を自覚して行動していたと感じる。利己的な、醜悪な個人主義はもう限界なのだ、きっと。異なる価値観を理解し、他者を尊敬した上で、共同体の安定を重んじる、そんな強固な共同体主義、あるいは真新しい全体主義の時代が、幕を開けたのかもしれない。

本書の出版にあたって、ご協力いただいたすべての方々にこの場を借りて、御礼を申し上げます。日記中に登場いただいた個人および団体の方々、ありがとうございました。あなたたちのおかげで私の日常が守られた事実は忘れません。春秋社の担当編集者である中川航氏、折りに触れ、拙稿への的確なアドバイスを頂戴し、感謝しております。デザイナーの鎌内文氏、素敵な装丁、ありがとうございます。

それから、愛する妻へ。ありがとう。あなたがいなければ、この本は生まれませんでした。

そして、読者の皆様へ。本書をお手にとってくださったこと、ありがとうございます。この、私の弱さと愚かさの記録は、事実については断言できませんが、真実については書き尽くしたと自負します。それが皆様の今後の人生の些細な側面において、何かの参考になれば嬉しいのですが……難しそうなら、笑ってやってください、「コロナ禍における、あるひとりの弱い男の、華麗ではない戦いの軌跡」を。

明日、どうなるかわかりませんが、昨日の私を顧みつつ、文句を言わず、他人に感謝しながら、家族のために、今日を元気に生き抜こうと私は思います。それでは、さようなら。

二〇二〇年八月二十六日　川崎昌平

出典

本文中の「新型コロナウイルス　感染者数」の出典については下記の通り。

日本全体については厚生労働省の「新型コロナウイルス感染症に関する報道発表資料（発生状況、国内の患者発生、海外の状況、その他）」を参照。

https://www.mhlw.go.jp/stf/seisakunitsuite/bunya/0000121431_00086.html
東京都内については東京都の新型コロナウイルス感染症対策サイト内における「報告日別による陽性者数の推移」を参照。

https://stopcovid19.metro.tokyo.lg.jp/cards/number-of-confirmed-cases/

著者略歴

川崎昌平（かわさき・しょうへい）
1981年生まれ。埼玉県出身。東京藝術大学大学院美術研究科先端芸術表現専攻修了。作家・編集者、昭和女子大学および東京工業大学非常勤講師。社会と芸術の接合をテーマとして作品を発表し続けている。主な著作に『ネットカフェ難民』（幻冬舎）、『若者はなぜ正社員になれないのか』（筑摩書房）、『自殺しないための99の方法』（一迅社）、『編プロ☆ガール』（ぶんか社）、『書くための勇気』（晶文社）、『労働者のための漫画の描き方教室』、『無意味のススメ』（ともに春秋社）、『同人誌をつくったら人生変わった件について。』（幻冬舎）、『重版未来　表現の自由はなぜ失われたのか』（白泉社）、『大学1年生の君が、はじめてレポートを書くまで。』（ミネルヴァ書房）などがある。現在、『もう雑誌なんて誰も読まねえよ』（「主任がゆく！スペシャル」ぶんか社）を連載中。

コロナ禍日記 2020
3月〜6月　新たな家族を迎えるまで

2020 年 9 月 25 日　初版第 1 刷発行

著者――――――川崎昌平
発行者―――――神田　明
発行所―――――株式会社 春秋社
〒 101-0021 東京都千代田区外神田 2-18-6
電話 03-3255-9611
振替 00180-6-24861
https://www.shunjusha.co.jp/
印刷・製本―――萩原印刷 株式会社
装幀―――――――鎌内　文

ISBN 978-4-393-33380-8　C0036
定価はカバー等に表示してあります。